이규대 수필집

나의
배냇저고리

나의 배냇저고리

펴낸날   초판 1쇄 2020년 11월 30일

지은이   이규대
펴낸이   서용순
펴낸곳   이지출판

출판등록   1997년 9월 10일 제300-2005-156호
주소   03131 서울시 종로구 율곡로6길 36 월드오피스텔 903호
대표전화   02-743-7661 팩스 02-743-7621
이메일   easy7661@naver.com
디자인   박성현
인쇄   네오프린텍(주)

값 13,000원

ISBN 979-11-5555-145-5 03810

이 도서의 국립중앙도서관 출판시도서목록(CIP)은 e-CIP홈페이지(http://www.nl.go.kr/ecip)와
국가자료 공동목록시스템(http://www.nl.go.kr/kolisnet)에서 이용하실 수 있습니다.
(CIP제어번호: CIP2020048157)

이규대 수필집

나의 배냇저고리

이지출판

늦가을 어느 날 버스를 타고 서초문화원 앞을 지나고 있었다. 차창 너머로 '서초문화대학 수강생 모집'이라는 현수막이 그날따라 유난히 눈에 들어왔다. 평소에는 별 관심 없이 지나쳤던 현수막이었다. 용기를 내어 문화원 안으로 들어섰다. 그 순간이 내 인생의 변곡점이었다.

직장을 그만두면 친구들을 만나 테니스도 치고 바둑도 두고 가끔 등산을 하면서 그런대로 재미있게 여생을 보낼 수 있을 것으로 생각했다. 그런데 그게 아니었다. 친구를 만나는 일이 생각보다 쉽지 않았다. 여생은 고사하고 당장 내일이 걱정되었다. 나의 취미 생활이 대부분 혼자 할 수 있는 것이 아니고 팀을 이루어야 가능한 일이어서 상대방의 영향에서 자유로울 수 없었다.

아무런 목적도 없이 멍하니 세월만 보내다가는 지레 늙어 버릴 것만 같았다. 남은 생애에 곁을 지켜 줄 벗은 없는 것인가, 고민하기 시작했다.

　어느 날 어머니 생각이 났다. 낮에는 집안일로 눈코 뜰 새 없었지만 밤이면 사돈지도 쓰고 가사도 읊으시던 어머니. 한번은 안사돈끼리 설악산을 다녀오시고는 기다란 한지에 붓으로 '유산기행담'이라는 글을 쓰셨다. 그걸 기행문으로 엮은 적이 있다.

　나는 그런 어머니 곁에서 자랐다. 실은 문학이 가까이 있었지만 나와는 상관없는 별세계라 생각하며 살아왔다. 그래서인지 글을 쓰려고 펜을 들면 그 많던 생각이 다 달아나고 결국 펜을 도로 내려놓을 수밖에 없었다.

　글쓰기가 그렇게 어려운 줄 몰랐다. 수필반에 들어가 글쓰기 기초부터 배우기 시작했다. 늦어도 한참 늦었다고 생각하지만 들메끈을 고쳐 매고 앞만 보며 뚜벅뚜벅 나아가려 한다.

돌아보면 나의 문학은 어머니로부터 시작된 셈이다. 좀 더 일찍 그 세계에 발을 들여놓지 못한 것이 안타깝지만, 이제는 안개가 걷히듯 외로움의 그늘이 서서히 걷히고 있다. 간섭하는 이 없고 아무런 제약 없는 그 세상에서 마음 껏 상상의 나래를 펴며 남은 생을 보낼 수 있겠다고 생각 하니 행복하다.

너무 늦게 글쓰기를 시작한 터라 우선 나와 내 주변의 일들을 정리해 보고 싶었다. 생각나는 대로 글을 써 모으 기 시작한 것이 점점 쌓여 갔다. 부족한 점이 많아 세상에 내놓기가 망설여지지만 주위의 격려가 있기에 힘을 냈다.

내게는 훌륭하신 두 분 선생님이 계신다. 글쓰기의 기 본조차 모르던 나에게 따뜻한 손을 내밀어 주시고 문인으 로서의 첫발을 내딛게 해 주셨으며 작품해설까지 써 주신 계간 《문학의강》 발행인 신길우(신경철) 선생님과 해박한 지식으로 가르침을 주시면서 소양을 두루 갖춘 한 사람의 문인으로 성장할 수 있도록 이끌어 주신 손광성 선생님. 두 분 선생님이 계셨기에 오늘의 내가 있음에 깊이 감사드린다.

그리고 가까이에서 많은 도움을 주신 마경덕 선생님, 부족한 작품을 발표할 때도 아낌없는 박수로 힘을 실어 준 문우 여러분, 묵묵히 지켜봐 준 가족에게도 고마움을 전한다. 이 책이 나오기까지 애써 준 이지출판사 사장님과 편집하느라 고생한 실장님에게도 감사의 마음을 전하고 싶다.

2020년 만추에

이 규 대

나의
배냇저고리 _ 차례

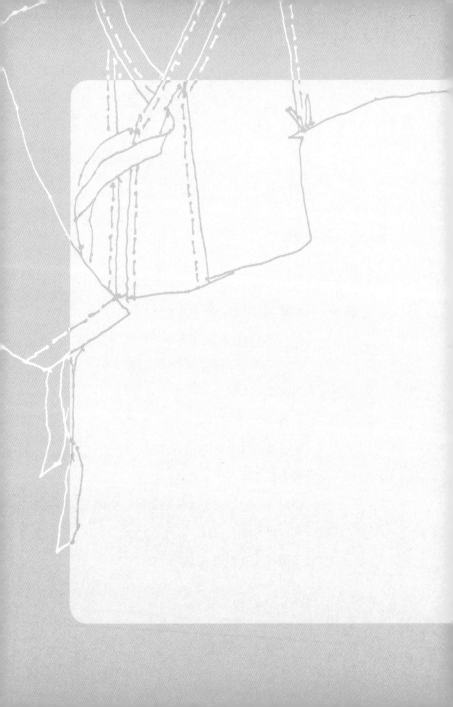

제1부

어머니의 사돈지

어머니의 소년 시절은 여성의 문밖출입이 자유롭지 못하였다. 집 안에서 조용히 가사를 돌보며 지내는 것을 부덕으로 여겼다. 그러나 어머니는 달랐다. 집안일을 하면서도 때때로 읽고 쓰는 일을 게을리하지 않았다고 한다.

어린 나의 눈에 비친 어머니의 시집살이는 눈코 뜰 새 없을 정도로 바쁘고 고달파 보였다. 장독간에 갔나 싶으면 디딜방앗간으로 가면서 나를 불렀고, 어느 틈엔가 베틀 위에서 옷감을 짜고 있었다. 북은 왼손과 오른손으로 당기고 밀고, 오른발은 끌신을 당겼다 늦추었다 하는 동작이 내겐 리드미컬하게 보였지만, 어머니에게는 초를 다투는 노동이었다.

이른 새벽 밥 짓는 일을 시작으로 늦은 밤까지 쉬는 모습

을 한 번도 본 적이 없었다. 더러는 몸살이 나서 드러누울
만도 한데 그런 일은 없었다. 심지어 동생을 낳자마자 바
로 몸을 추스르고 일어난 분이었다. 어머니 앞에서는 병
도 피해 가는 듯했다. 어느 날 어머니한테 물어본 적이 있
었다.

"어머니 힘은 어디서 나와요?"

"아무리 약한 여자라도 시집오면 그날부터 저절로 힘이
생긴단다."

어린 내가 이해할 수 없는 대답이었지만 훗날 의문이 풀
렸다.

어머니가 빨래하러 가던 어느 날, 나는 다황통*을 챙겨
어머니 뒤를 따라 나선 적이 있다. 건넛마을 너머에 큰 강
이 있었는데, 여름에 장마가 지면 바다가 되었다가도 가
을에 접어들면 강바닥이 하얗게 드러났다. 자갈이 깔린
바닥에는 강물에 떠내려가다 만 잔가지들이 여기저기 흩
어져 있었다. 차디찬 물에 옷가지를 빠는 어머니 곁에서
나는 그것들을 모아 모닥불을 피웠다. 불은 활활 타오르

* 다황통 : 성냥갑의 방언(강원, 경상도).

다 이내 사그라졌다. 이를 본 어머니는 대견스럽다는 듯이 나를 한 번 쳐다보고는 아무 말 없이 빨랫방망이를 두드렸다.

어머니는 평생 일만 하다가 세상을 떠난 불행한 분이었다. 맏이로 태어난 딸이 일찍 세상을 떠나고, 아들 오형제를 두었다. 맏이가 된 나는 어머니를 도와드릴 일이 많았을 터인데 그러질 못했다.

이웃집에 갈 때면 모녀가 부엌을 들락거리며 함께 일하는 모습을 보게 된다. 그때마다 혼자 일하는 어머니 생각이 나서 부러웠다. 누나가 살아 있었다면 말동무에, 어머니의 짐을 조금이나마 덜어 드렸을 텐데 하는 생각을 지금도 가끔 하게 된다. 특히 깊은 밤 사돈지를 쓰시던 어머니의 모습을 떠올리면 더 그렇다.

사돈지는 두 집안의 예의범절과 안부가 담긴 편지이므로 부녀자들의 관심을 끄는 글이다. 게다가 신행길에 보내는 사돈지는 애지중지 기른 딸을 시집보내면서 친정어머니가 안사돈에게 올리는 편지다. 부족한 여식을 딸자식과 다름없는 며느리로 받아 주시고 가르쳐 주시기를 간곡히 부탁하면서도, 자식을 떠나보내는 어머니의 눈물 어린

모정이 고스란히 담긴 글이라 더욱 그렇다.

당시만 해도 층층시하의 힘든 시집살이에다 일제 치하에서 부녀자가 글공부하기란 쉬운 일이 아니었을 것이다. 게다가 글을 안다고 해서 아무나 글을 쓸 수 있는 건 더욱 아니었을 것이다. 그래서인지는 몰라도 백여 호나 되는 고향에서 사돈지 쓰는 이는 손꼽을 정도였다.

바쁜 일과가 끝나면 고단한 몸을 뉘일 새도 없이 어머니는 가물거리는 등잔불 밑에서 부탁 받은 이웃집 어머니의 사돈지를 쓰셨다.

그 밤이 지나면 딸이 신행길에 나선다. 사방을 둘러보아도 마음 둘 데라곤 없는 낯선 곳 어딘가에서 딸의 고달픈 시집살이가 시작될 것이다.

당시에는 출가외인이라고 해서 한번 시집을 가면 그곳에다 뼈를 묻어야 한다는 것이 어른들의 가르침이었다. 이웃 아주머니는 고이 자란 딸을 멀리 떠나보내는 슬픔은 고사하고, 딸이 혹여 시부모에게 미움을 받지 않을까, 고된 시집살이는 하지 않을까 걱정되어 밤새 뒤척이다 선잠을 잘 것이다.

사방이 고요한 밤, 어머니는 하얀 편지지를 펼쳐놓았다.

생각을 가다듬은 어머니가 붓을 움직이기 시작하면, 하얀 편지지에 새까만 글씨가 한 자 한 자 살아났다. 나가다가는 머뭇하고 나가다가는 또 머뭇하기도 했다. 어느새 흥얼흥얼 추임새도 따라갔다. 딸 가진 어머니의 타는 애간장이 눈물이 되어 흘렀다. 멀리 새벽닭 우는 소리에 동이 트면 사돈지가 완성되었다.

두 어머니의 애간장이 녹아든 사돈지. 붓을 놓은 어머니는 잠시 눈을 감으셨다. 어머니는 이웃 아주머니의 사돈지를 쓰면서도 긴 세월 가슴 깊이 묻어 둔 딸애를 불러냈고, 꽃다운 처녀로 돌아온 딸은 어머니 곁에서 다시 한번 이별의 밤을 보냈을 것이다.

잠든 동생들 머리맡에서 어머니가 사돈지를 쓸 때면 나는 가끔 그 옆에서 먹을 갈아 드렸다. 하얀 편지지를 펼치고 사돈지를 쓰던 어머니 모습을 지켜보곤 했다. 고단한 일과에 퍼붓는 잠을 뿌리치며 누굴 위해 저토록 애를 쓰는 건지. 거기엔 보이지 않는 어머니의 자존심이 버티고 있는 것은 아니었을까.

동네 누군가 사돈지를 받는 날이면 우리 집 안방은 부녀자들 차지였다. 내가 책을 읽다 말고 마당으로 나와

보면 격자무늬 창문에 비친 동네 아주머니들 모습이 활동
사진에 나오는 사람들마냥 어른거렸다. 고저장단을 넘나
들며 사돈지를 읽어 내리던 어머니의 청아한 목소리가 토
담을 넘어 달빛 타고 멀리 퍼져나갔다. 한숨 소리와 탄성
소리가 문틈으로 간간이 새어 나오면서 시골의 밤은 깊어
만 갔다.

　이렇듯 대대로 전해 내려오던, 한지에 붓으로 쓴 사돈지
는 세월에 묻혀 서서히 사라져 갔다. 가을걷이가 끝난 한
철을 유난히도 따뜻하게 데워 주었는데….

　이사를 자주 다녔지만 내 책장에는 어머니의 서간집과
가사집이 나란히 자리하고 있다. 세월 따라 해지고 누렇
게 얼룩이 졌어도, 가만히 손을 얹으면 지금도 어머니의
숨결이 느껴진다.

　어머니가 떠나고 해가 바뀌면서 다른 기억들은 점점 희
미해져 가지만, 등잔불 밑에 앉은 어머니의 단정한 모습
은 예나 지금이나 또렷하고 정겹기만 하다.

나의 배냇저고리

후텁지근하던 여름이 꼬리를 슬그머니 내린다. 가을에 바통을 넘기려나 보다. 아침저녁으로 서늘한 기운이 완연하다. 장마에 눅눅해진 옷가지를 꺼내 햇볕에 말리려고 옷장 문을 열었다. 우연히 한쪽 구석에 움츠린 작은 종이 상자가 눈에 들어왔다. 전에도 몇 번 보기는 했는데, 대수롭지 않게 여기고 지나쳤던 물건이다.

'명가 김'이라는 상표가 새겨진 종이 상자를 꺼내 침대 위에 올려놓고 뚜껑을 열었다.

'아, 어머니!'

나도 모르게 신음 소리가 나왔다. 동시에 온몸이 얼어붙는 것만 같았다. 이내 가슴이 아팠고 눈물이 떨어졌다, 그 작은 상자 안에 어머니의 삶이 오롯이 남아 있었다.

순간 나는 타임머신을 타고 아득한 과거로 시간 여행을 떠났다. 가물거리는 기억들을 애써 더듬어 나갔다. 고향에 있는 중학교에 다니던 어느 날, 어머니가 안방 장롱 속에서 무엇인가를 꺼내셨다.

"이게 네 배냇저고리다."

"세상에 태어나서 처음 입은 옷이야."

어머니는 한 손으로 쓰다듬으면서 나에게 보여 주셨다.

그런데 그 옷이 어떻게 80년 가까운 세월이 흐른 지금 여기까지 왔을까. 이사도 여러 번 다녔고 무심하게 잊고 지낸 지가 까마득한데 용케도 여기까지 따라와 주다니, 놀라웠다.

혹시나 하고 상자 뚜껑 옆면을 보다가 또 한번 놀랐다.

'아빠 옷'

굵은 펜으로 또박또박 쓰여 있었다. 10여 년 전 세상을 떠난 아내의 글씨였다. 사람은 가고 없는데 글씨는 세월을 뛰어넘어 또렷이 남아 있었다. 문득 함께한 세월이 쓰나미처럼 몰려왔다.

상자 안을 들여다보니, 맨 위에는 배냇저고리가, 바로 밑에는 새까맣게 물들인 무명옷이 보였다. 긴 잠에 든 어머니를 깨우는 것 같아 망설이다가, 조심조심 하나씩 침대 위에 올려놓았다. 먼저 흰 배냇저고리, 그 밑에 검정 버선 한 켤레, 소학교 때 입었던 것으로 보이는 검정 무명저고리와 중학교 때 입었던 교복 상의. 나는 그것들을 차례대로 꺼냈다. 맨 밑에는 고무줄로 동여맨 편지 한 묶음도 들어 있었다. 열어 보니 직장 생활 중에 잠시 스위스에 머물렀을 때 아내와 주고받은 편지였다.

옷가지와 편지, 어느 것 하나 살갑지 않은 것이 없지만, 그중에서도 유독 배냇저고리가 눈에 들어왔다. 80년이라는 시간의 지층 속에서 견디느라 색이 바래고, 형태도 군데군데 일그러져 있다. 켜켜이 쌓인 시간의 층을 하나하나 걷어 냈다. 포개진 배냇저고리 소매를 조심스레 펼치고 반으로 접은 길과 옷고름을 바로잡았다. 손을 쫙 펴면 그 안에 통째로 들어올 것만 같았다. 자그마한 것이 마치 잠자리가 날개를 활짝 펼치고 있는 듯했다.

세상에서 제일 작은 옷. 흰색이 누르스름하게 변하고, 턱 언저리는 유독 얼룩이 많이 져 있다. 침을 흘리기도 하고, 젖을 토하기도 한 흔적이리라. 소맷귀도 많이 닳고, 옷고름은 접은 데가 해져서 너덜거린다. 거기엔 한숨 쉬어

가듯 홈질을 해놓았다. 어머니의 살뜰한 손길이 느껴졌다. 젖내라도 남아 있을까 흠흠대 보았지만, 시간 속에 묻혀 버렸는지 아무 냄새도 나지 않았다.

　명주실로 짠 배냇저고리 속에 손을 살그머니 밀어 넣어 보았다. 온기가 느껴지고, 새 생명의 기운이 꿈틀거리는 것도 같았다. 탄생의 기쁨과 축복을 한껏 받은 옷이리라. 그 작은 옷 속에서 배냇짓과 옹알이를 하면서 내가 자랐다고 생각하니, 섣불리 다룰 옷이 아니라는 생각이 들었다.

　배냇저고리는 예부터 '운수 좋은 옷'으로 여겨, 빨지도 않고 남에게 빌려주지도 않았다. 잘 보관해 두었다가 후손이 시험 보러 가거나 어쩌다 재판정에 서게 되거나 할 때 입었다. 뿐만 아니라 전장에 나갈 때 겉옷 등판 속에 꿰매 입었다고 한다.

　고3 막내를 둔 아내와 나는 매사에 자중했다. 수능모의고사 성적이 만족스러울 때는 무지개 피는 언덕을 오르는 듯 희망에 부풀었지만, 성적이 좀 부진하면 다독여 주면서도 가슴을 졸였다.

　나중에 알게 된 일이지만 아내는 배냇저고리의 영험을 빌리고자 했던 모양이었다. 막내가 수능을 보러 가던 날 아내는 배냇저고리를 꺼냈다. 끈을 단 빨간 보자기에 배냇저고리를 싸서 겉옷 속에 두르고 가게 했단다. 그래서 인지 몰라도 막내는 그 치열한 시험의 관문을 뚫고 전통을 자랑하는 서울의 한 명문 대학에 입학했다.

버선은 발목을 경계로, 아래쪽은 올이 굵은 무명, 위쪽은 올이 가는 것으로 멋을 부렸다. 초등학교 때 입던 옷은 속에다 흰 무명을 받치고 겉감은 까맣게 물들였다. 중학 교복의 상의 칼라는 살아 있는 듯 빳빳했다. 단추 구멍이 해지고 헐렁한 것으로 보아 두어 해는 너끈히 입은 것 같다. 교복 도련 위의 흰 실밥은 까만 천 위에 의장대가 도열하듯 나란히 박음질해 놓았다. 곤히 잠든 자식 머리맡에 앉아 고단한 밤을 몰래 지켰을 어머니의 긴긴 밤이 느껴졌다.

오랜 세월을 상자 속에 갇혀 지낸 터라 우선 통풍부터 시켜야겠다는 생각이 들었다. 바깥창문을 열고 옷가지들을 베란다 건조대에 나란히 올려놓았다. 긴 세월 동면하던 촘촘한 올들이 스치는 바람결에 하나같이 일어서는 것도 같고, 늘어지게 기지개를 켜는 것도 같았다. 재봉틀하나 없이 어떻게 저렇듯 반듯하게 옷을 지어 놓았을까.

어머니는 아플 새도 없었다. 따뜻한 아랫목에서 조는 모습 한 번도 본 적이 없다. 밥숟가락 놓기 바쁘게 몸을 던져 일에 몰두했다. 여자로서의 삶을 내려놓고 어머니로 사신 분이었다. 장독대로 가던 어머니의 종종걸음이 지금도 눈에 선하다.

불행하게도 어머니는 첫아이를 일찍 잃었다. 살림 밑천이라고들 말하는 딸이었다. 젊은 나이에 하늘이 무너지는 아픔을 혼자 감내하였으리라. 이른 새벽 정화수를 떠놓고 건강한 아이를 점지해 달라고 신령님께 빌고 또 빌었을 것이다.

어머니의 정성이 하늘에 닿았는지, 뒤이어 아들이 태어났다. 작고 여리디 여린 나를 안고 어르면서 얼마나 행복해했을까. 그런 어머니 생의 한 자락이 은하수를 건너 내게로 왔다. 마치 어머니가 곁에 있는 것 같다.

세상에 영원한 것이란 없다. 끝까지 곁에 있어 줄 것 같은 사랑마저도 세월이 흐르면 멀어지고 잊게 된다. 그러나 만국 공통어인 어머니란 이름은 다르다. 마음속으로 가만히 떠올리기만 해도 눈시울이 붉어지고, 어디서 '어머니' 하고 부르는 소리만 들려도 두 귀가 긴장한다.

고단한 하루를 접고 눈을 감으면 배냇저고리가 말을 걸어온다. 아니, 어머니가 말을 걸어온다.

"오늘 하루 잘 지냈느냐?"

"네, 어머니."

그렇게 대답을 하고 나면 마음이 편안하다.

나는 이제 혼자가 아니다.

내가 다닌 초등학교

    고향에 있는 면사무소에 볼일이 있어 찾아간 김에 내가 다닌 초등학교를 찾아갔다. 학교와 면사무소 사이에 있던, 기와를 얹은 나지막한 흙담이 헐리고 한 마당에 두 기관이 나란히 있었다.

    고향집에서 학교까지는 어림잡아 1킬로미터. 산모롱이를 돌아 지서를 지나서 곧게 뻗은 도로를 가다 왼편으로 들어서면 학교가 나왔다. 어릴 적 내게는 그 길이 꽤 멀었다. 산판에서 벌목한 나무를 가득 실은 트럭이 마구 달릴 때면 흙먼지가 뽀얗게 일었고, 주먹만 한 돌멩이가 사방으로 튀었다. 길가에 드문드문 심어 놓은 미루나무는 먼지를 흠뻑 뒤집어쓴 채 비 오기만 기다렸다. 그 길은 피해 갈 수도 없는 위험한 길이었다.

교문으로 들어가는 길 양편에는 허리가 꾸부정한 벚나무가 늘어서 있었다. 봄이 오면 연분홍 꽃잎이 하늘을 가렸고, 바람 부는 날에는 꽃잎이 눈송이같이 흩날렸다.

그런데 지금 그 길엔 아스팔트가 깔리고, 바람 따라 일렁이던 보리밭은 마늘밭으로 바뀌었다. 벚나무가 사라진 자리에는 은행나무와 느티나무가 버티고 서 있어 낯설기까지 했다.

교문 가까이 가니 커다란 바위가 눈에 띄었다. '임고초등학교'라 새겨 놓았다. 웃자란 풀이 바위를 감싼 채 사람의 손길을 기다리고 있는 듯했다. 운동장 너머로 멀리 바라보이는 교사校舍를 마주하는 순간, 나는 까마득한 옛날로 돌아갔다. 경사진 지붕에 판자로 지은 회색의 기다란 1층 교사 대신 2층 현대식 교사가 들어서서 어리둥절하고 서먹했다.

운동장에 들어서니 교사를 중심으로 반원형으로 운동장을 에워싼 아름드리 플라타너스 일곱 그루가 나를 맞아 주었다. 반가운 마음에 다가섰다. 초등학생 때 그랬던 것처럼 얼른 두 팔을 벌려 안아 보려 했지만 절반의 절반도 품지 못했다. 온통 푸른 잎으로 덮여 가지가 보이지 않았고, 가을이면 탁구공만 한 열매를 수북이 떨어뜨리던 나무의 위세가 많이 변해 있었다. 하늘로 치솟은 가지는 허공에 맨살을 드러낸 채, 아직은 정정하다는 듯이 가지 끝에 달린 잎을 흔들고 있었다.

반세기를 훌쩍 넘긴 세월에 흰 머리카락마저 빠져 버린 나처럼 세월이 머물다 간 자리는 지울 수가 없나 보다. 아쉬운 마음에 한 번 더 안아 보았다.

1층 교실 창 아래에는 자그마한 화단이 있었다. 이른 봄 그곳에 과꽃 모종을 심어 놓고 동무와 번갈아 가면서 물을 주었다. 조막만한 손의 보살핌에 보답이라도 하듯 자줏빛 도는 작은 꽃이 곱게 피었다.

화단 가장자리를 따라서는 띄엄띄엄 겹벚꽃나무가 심어져 있었다. 어른 키의 두어 배쯤 되는 해묵은 나무들이 봄이 되면 어김없이 연분홍 꽃을 피워 올렸다.

벚꽃이 질 무렵 큼지막한 꽃송이를 주렁주렁 매달기 시작했다. 한 열흘 하늘에다 수를 놓고는 훌쩍 떠나 버리는 벚꽃과는 달리, 소담스러운 자태로 우리 곁에 더 가까이 머무는 겹벚꽃에 눈길이 절로 쏠렸다. 그때가 되면 학교는 꽃방석 위에 앉아 있는 것 같았다. 그걸 보면서 꽃의 아름

다음에 처음으로 눈을 뜨기 시작했다.

넓은 운동장에 만국기가 펄럭이는 운동회 날이 오면, 학부모들이 도시락을 싸들고 운동장으로 몰려들었다. 시원한 플라타너스 그늘 아래 자리를 잡고 앉아 응원에 열을 올렸다. 400미터 계주에서 사력을 다해 선두를 다투기도 하고, 아저씨와 짝을 지어 한쪽 발을 서로 묶은 채 뒤뚱거리면서 달리기를 하는 등 시간이 갈수록 열기가 더해져 갔다.

그러나 그중에서도 백미는 박 터뜨리기였다. 청군 백군 두 편으로 갈린 아이들이 긴 장대 끝에 매달린 박을 오자미로 터뜨리면 오색 종이가 떨어지면서 휘날렸고, 전교생의 함성에 학교가 들썩였다. 그날만은 어른들도 농사일에 지친 몸과 마음을 내려놓고 아이들과 어울려 하루를 보냈다. 아이들 운동회가 어른들의 소풍날인 셈이었다.

6학년 어느 날이었다. 방과 후 혼자 남아 교실 미화작업을 마치고 나니 사방이 어둑해졌다. 집에 갈 걱정이 앞섰다. 허리에 책보자기를 질끈 동여매고 운동장을 가로질러 교문으로 내달렸다. 키를 자랑하는 보리밭에서 도깨비가 나올까 봐 가슴이 콩알만 해졌다. 그때의 어린 나를 보는 듯하여 휑한 운동장에서 놀고 있는 한 아이에게 다가갔다.

"애야, 이 학교 학생 수는 모두 몇 명이나 되니?"

"70명 조금 넘는데요."

"한 학년에는 몇 반이나 있니?"

"한 반뿐인데, 우리 반은 12명이에요."

내가 다닐 때는 우리 학년에 세 반이나 있었고 학생 수도 그보다 훨씬 더 많았다. 그런데 해마다 학생 수가 줄어들어 한때 존폐 위기에 몰렸다는 이야기를 들었다. 명맥을 이어갈 수 있을지 걱정을 한 적이 있었다.

신문 보도에 의하면, 젊은이들의 결혼에 대한 가치관이 변하고 있단다. 2011년부터 결혼 건수가 감소하기 시작하여, 가임 여성이 줄고 출산율이 1%에도 못 미친다고 한다. 도시 국가인 마카오를 제외하면 모든 국가 중에서 가장 낮은 출산율이라고 했다. 심각한 저출산의 덫에 걸려 있는 셈이다.

이는 자연스럽게 학령 인구의 감소로 이어진다. 이미 폐교되었거나 존폐 기로에 선 학교가 적지 않다는 이야기가 들린다. 시대의 흐름에 맞춰 모교도 인근의 두 학교와 합치고 병설 유치원을 운영하는 등 지역 사회와 유대를 강화

하고 공존공영의 길로 나아가고 있었다. 살아남은 자의 치열한 삶의 현장 앞에서 박수를 보내며 나는 내가 살고 있는 분당의 한 초등학교를 생각했다.

교문에 이런 경고문이 붙어 있다.

'운동장은 우리 아이들의 야외 교실. 수업에 들어오실 건가요?'

방과 후 교문을 나서는 아이들에게 말을 걸어 보았다. 빤히 쳐다보고는 그냥 가버렸다. 하도 무서운 세상이라 낯선 사람과는 말을 주고받지 말라는 부모의 당부가 있었을 것이다. 똑똑한 아이라는 생각이 들었지만 살벌한 현실 앞에 가슴이 서늘해졌다.

도시 학교에서 느꼈던 소외된 기분을 고향의 모교가 따뜻한 손길로 위로해 주는 것 같았다. 낯선 사람을 스스럼없이 대해 주던 티 없이 맑은 아이들, 내가 다닌 초등학교는 아직 순박한 정이 남아 있었다. 변하지 않고 온전히 남아 있길 바라는 그 따뜻한 기억은 때때로 힘을 북돋아 주는 청량제가 되기도 할 것이다. 소박한 소망과 추억이 그 안에 있기 때문이다.

학교 운동장이 나를 부른다

　분당 지하철 정자역에 내려 무지개다리를 건너면 신기 초등학교가 나온다. 이곳은 탄천 바로 옆이어서 하천 따라 불어오는 바람이 상쾌하다. 학교 옆 아파트 사이로는 구불텅한 숲길이 길게 나 있다.

　봄이면 담장에 기댄 채 다소곳이 핀 샛노란 개나리, 지나치려는 나를 불러 세우는 아찔한 라일락 향기, 여름이면 길 따라 길게 늘어선 잣나무, 은행나무, 산딸나무가 푸른 잎을 흔들며 춤을 추고, 가을이면 아담한 몸매의 느티나무가 여름 내내 구워 낸 알록달록한 단풍잎을 전시한다. 그 길을 걸으면서 나는 마음속 먼지를 말끔히 털어낸다.

　분당으로 이사 온 지 벌써 7년이나 되었다. 학교 앞을 지날 때면 나도 모르게 시선이 학교 담장 너머 운동장에

멈춘다. 눈은 그 운동장을 보고 있지만 마음은 고향의 초등학교를 보고 있어서다. 무명 바지저고리에 세수를 하는 둥 마는 둥 학교 가기에 바빴던 그때의 내가 거기 서 있다. 고만고만한 철부지들이 사람으로 성장해 가면서 일어난 일이라 그런지, 같은 고장에서 태어나 6년이란 긴 시간을 마주보고 자라서인지는 잘 모르겠지만, 그때 일들은 시간이 멈춘 채 가슴속에 고스란히 새겨져 있다.

7년 전만 해도 운동장은 아이들로 붐볐다. 쉬는 시간에 운동장은 그들의 세상이었다. 밀치고 당기면서 나동그라지는 아이, 무슨 일인지는 모르지만 마주보고 깔깔대며 허리를 잡고 웃는 아이들 웃음소리가 추위를 몰아내고 있었다. 뽀얀 먼지가 안개처럼 피어오르고, 아이들 떠드는 소리가 한데 엉기어 시골 장터마냥 활기가 넘쳤다.

"뗑그렁 뗑그렁…."

종이 울리면 신나게 뛰놀던 아이들이 다투어 교실로 들어간다. 운동장은 금세 텅 비고, 세상도 텅 빈다. 아이들의 발길에 차이고 깨지면서도 운동장은 언제나 말없이 아이들을 품어 주고 기다려 준다. 수업 시간을 알리는 종소리는 새벽 예불을 알리는 은은한 종소리로 들리고, 아이들이 떠드는 소리는 참새 떼가 재잘거리는 것처럼 정답게 들린다.

내 고향은 서울에서 천 리나 떨어진 시골 마을이다. 지금은 고향에 다녀올 일이 생기면 기차를 이용하지만, 얼마 전까지는 차를 몰고 다녔다. 시원스레 쭉 뻗은 고속도로에 들어서면 언제나 쫓기는 듯했고, 엉겁결에 마라톤 행렬에 휩쓸려 달리기를 하는 기분이 들어 싫었다. 시간이 더 걸리더라도 한적하고 꼬불꼬불한 시골길을 택했다.

국도를 달리다 보면 자연이 내 옆으로 바짝 다가선다. 생긴 대로 자라는 풀과 나무, 산기슭에 매달리듯 옹기종기 모여 있는 나지막한 시골집들, 어느 틈에 일구어 놓았는지 가지런한 이랑에서 무럭무럭 자라고 있는 밭곡식에 한눈을 팔다가, 눈앞에 들이닥친 갈림길 도로 표지판에 화들짝 놀라 가슴을 쓸어내리기도 했다. 살아 있는 자연 공부, 지도 공부를 하는 재미가 쏠쏠했다. 흙냄새, 거름 냄새 나는 그곳이 바로 사람 사는 곳이리라.

어쩌다 시골 초등학교 옆을 지나게 되면 시선이 자꾸만 운동장에 꽂힌다. 손 본 지 오래인 듯한 교사, 네모진 운동장에 띄엄띄엄 심어 놓은 미루나무가 바람결에 한가

롭게 흔들린다. 이내, 내 어릴 적 뛰놀던 고향의 학교가
겹쳐진다. 책보자기를 허리에 질끈 동여매고 학교로 내달
릴 때면 양철 필통 소리가 요란했다. 애써 깎아 둔 연필심
부러지는 소리도 한몫했을 것이다. 그때 그곳에선 남의 눈
치 보지 않고, 아프면 울고 슬퍼도 울었다. 친구가 어깨를
토닥이면 씩 웃고 금방 일어서던 곳이다. 하굣길엔 개구쟁
이 동무의 장난질을 견디다 못해 운동장에서 둘이 붙어
씨름하던, 그런 곳에서 나는 자랐다.

　집으로 오는 길, 오랜만에 초등학교 운동장 한쪽에 놓
인 나무의자에 앉아 보았다. 간밤에 내린 비에 운동장이
촉촉했다. 체육 수업을 받고 있는 아이들이 눈에 들어왔
다. 3학년으로 보이는 이십여 명의 학생들이 두 편으로 나
뉘어 줄넘기와 달리기를 하느라 운동장 한구석이 부산스
러웠다. 작지만 날렵하게 생긴 여학생이 잽싸게 내달리는
뒤를 따라 뚱뚱한 남학생이 뒤뚱거리며 쫓아가고 있었다.
마치 내가 달리기를 하고 있는 것 같은 착각에 빠졌다.

　어딜 가나 학교 운동장은 사각형이다. 좀 모양을 낼 만
도 한데, 그렇지가 않다. 기초화장을 하듯 마사토와 모래
를 뿌려 놓은 것이 전부다. 그곳에 눈이 초롱초롱한 아이

들이 부모님 손에 이끌려 입학을 한다. 선생님을 통해 지식을 습득하고, 친구들과 어울려 소통하는 법을 배우고 화합의 미덕을 배운다. 그러다 때가 되면 졸업하고 학교를 떠난다. 마치 장성한 자식이 어머니 품을 벗어나는 것처럼.

아이들이 입학하고 떠나기를 거듭하면서 평평했던 운동장은 움푹움푹 패인 곳이 드러난다. 자식 키우는 일에 골몰하느라 깊게 주름진 어머니의 이마를 닮은 것 같기도 하고, 화장할 틈마저 빼앗긴 어머니의 얼굴을 닮은 것 같기도 하지만, 역시 어머니의 품을 많이 닮은 것 같다.

멀리 떠난 자식을 하염없이 기다리는 어머니처럼, 운동장은 떠난 아이들을 기다리고 있는지도 모른다. 운동장을 바라보는 것만으로도 어머니 품속에 안긴 듯, 어지럽던 일들이 조용히 가라앉고 마음의 평정을 찾게 된다. 운동장을 마주하고 서면, 유장한 세월 너머 어머니의 품을 만나게 된다.

운동장은 언제나 아이들을 부른다. 아니다, 나를 부르는 것이다.

동생의 시비詩碑를 바라보며

고향집은 동네 다른 집들보다 약간 높은 곳에 자리하고 있었다. 담 너머 낮은 텃밭에 감자꽃이 하얗게 피면 나비가 날아와 날개를 접고 쉬었다 갔다. 여름이면 감나무 그늘에 멍석을 깔고 더위를 식혔고, 가을이 되면 곱게 물든 감나무 잎 사이로 가지가 휘어지도록 감이 매달렸다. 텃밭의 배추와 무는 밤새 내린 찬 이슬을 머금고 몸집을 불렸다.

6·25전쟁이 남긴 폐허를 딛고 고단한 삶을 살아가야 했던 시절, 한여름은 유난히도 더웠다. 더위를 이기지 못한 아이들이 땀을 많이 흘리면 어른들은 이렇게 말했다.

"쯧쯧, 더위를 먹었구나!"

그럴 때 찬물을 뒤집어쓰면 더위가 달아난다고 했다.

어느 날 아버지 어머니가 느닷없이 감나무 그늘 아래 커다란 다라이를 갖다 놓고 우물물을 가득 채웠다. 그러고는 어린 셋째 동생을 부르더니 다짜고짜 머리 위에다 찬 우물물 한 바가지를 쏟아부었다. 깜짝 놀란 동생은 대문 앞길을 내리달려 텃밭을 돌아 골목으로 달아났다. 삼베 적삼을 걸친 채 고추를 다 내놓고 온 동네가 떠나갈 듯 울었다. 그걸 본 아버지 어머니는 박장대소하셨다.

글을 읽고 쓰기를 좋아했던 어머니 곁에서 동생은 어렸을 때부터 문학세계를 동경하며 자랐고, 자라서는 교내 각종 행사가 있을 때마다 글짓기 재능을 보였다.

그렇게 자란 동생은 고향에서 중학교를 졸업하고 대구로 나가 고등학교와 대학을 거쳐 중학교 교사로 사회에 첫발을 내디뎠다. 결혼을 하고 남매를 둔 동생은 알맞은 키에 둥근 얼굴로 쳐다만 봐도 선한 기운이 가득했다. 30여 년 가까이 앞만 보고 한길을 묵묵히 걸어간 교육자였다. 남에게 거슬리는 언행은 되도록이면 삼갔고, 형제 일은 내일처럼 앞장섰다. 형제들이 모이는 날이면 단번에 온 집안을 웃음바다로 만드는 재주도 있었다. 활달한 성격에 착한 성품을 지닌 천생 타고난 교사였다.

그런데 말년에 대구광역시교육청 교육연수원 교육연구사로 4년을 재직하던 중, 암이라는 불치의 병이 찾아들었다. 앞날을 기약할 수 없는 투병 생활이 시작되었다. 나는 동생이 대구에서 기차를 타고 경기도 광명역에 내리면 차에 태우고 분당서울대병원을 오가면서 병을 털고 일어나기를 간절히 기원했다. 그러나 병은 회복되기는커녕 점점 깊어만 갔다.

어느 날 대구에 사는 첫째 동생이 함께 기차를 타고 왔다. 광명역에 기차가 도착하자 첫째가 셋째를 등에 업고 내렸다. 60대 중반의 노인이 환갑을 바라보는 동생을 업은 것이었다. 이별이 멀지 않았구나 생각하니 하염없이 눈물이 쏟아졌다.

셋째 동생은 그렇게 저세상으로 훌훌히 떠나갔다. 참기 어려운 고통 속에서도 동생은 아무도 모르게 여러 편의 시를 남겼다. 초등학교 교사인 제수씨가 유작을 정리하여 시집을 발간하였다. 동생이 생각날 때면 나는 시집을 꺼내 읽고 또 읽는다.

동생을 떠나보내고 마음 둘 곳 없어 방황하던 때 제수씨한테서 전화가 왔다. 동생 친구에게서 전화가 왔는데,

동생의 시비를 세우고 싶다면서 장소와 시 한 편을 정해 달라고 했단다.

뜻밖의 제의를 받고 어리둥절하면서도, 한편으로는 가슴이 따뜻해지는 것을 느꼈다. 이 메마른 세상에 그다지도 아름다운 우정을 간직한 사람들이 있다니, 참으로 고마운 일이었다.

가족이 의논한 끝에 고향집 앞 텃밭으로 정하고 시를 골랐다. 비석은 포천 화강석으로 하고, 글씨는 인근 명필의 손을 빌려 정성껏 만들 것이라고 했다.

약속한 날, 시비를 실은 화물차와 포클레인이 도착했다. 뒤따라 동생 친구 여남은 명이 들어섰다. 마을 사람들이 지켜보는 가운데 작업이 시작되었다. 텃밭 앞쪽에 좌대가 놓이고 그 위에 아담한 시비가 반듯하게 자리를 잡았다.

친구들이 적지 않은 제작비를 모으고, 바쁜 일과를 제쳐두고 그곳까지 달려온다는 것은 쉬운 일이 아니었을 것이다. 하늘에서나마 동생이 그 광경을 보았다면 얼마나 흐뭇했을까.

동생의 시는 장인의 손끝으로 한 자 한 자 되살아났다. 몸은 죽어서 흙이 되고 자연으로 돌아가지만 영혼은 남아 또 다른 생을 이어갈 것이다. 시비에는 다음과 같은 시가 새겨져 있다. 2004년 9월 연수원에서 숙직하던 날 새벽잠에서 깨어 고향을 생각하며 쓴 시다.

　　달빛이 하얗게 부서지는 자시경
　　선비집 양사재는 잠에 취해 말이 없고
　　시간은 외로 아닌 무리 지어 지나간다

　　내 마음 끝없이 달려 고향 찾아 헤매건만
　　그때의 소꿉친구 마음으로 그려볼 뿐
　　지금은 텅 빈 가슴 채울 길이 없구나

　　어느새 내 머리에 하얀 눈꽃 내리고
　　이마엔 잔주름 날로 늘어가는데
　　보고픈 그대도 날 그리워 할런지

　　　　　　　　　　　　　　　－ 〈향수〉 전문

　역사가 끝나고 추도식이 이어졌다. 반듯반듯한 글자가 갓 세수한 듯이 화강석을 수놓고 있었다. 한 행 한 행 읽어 내려가다 보니 마치 하늘나라에서 동생이 내려와 서 있는 것 같아 눈물이 났다. 친구들의 우정에 보답하는 뜻으로 시비 주위에 잔디를 입히고 잘 관리하겠다고 약속했다.

이어서 이웃에 있는 친척 집 마당에 멍석이 깔리고 조촐한 잔치가 벌어졌다. 갑작스러운 일이었지만 친척 아주머니들이 나서서 음식을 마련해 주었다. 술잔이 돌면서 동생 이야기로 꽃을 피웠다. 술기운이 거나하게 돌자 동생의 빈자리가 더욱 크게 느껴졌다. 아래는 어머니를 애틋하게 그리는 마음을 담은 시다.

해 이른 아침에 엄마 장에 가실 때
뒷모습 아물가물 산모퉁이 돌 때까지
어린 소년 두 눈은 한눈팔지 않았다

어스름 해 그림자 길어질 때쯤이면
자꾸만 동네 어귀 산모퉁이 보다가
아물가물 꼬부라진 엄마 모습 보이면
세상을 다 얻은 듯 뛸 듯이 기뻤다

사십 리 장터 길에 점심도 거르신 채

허기진 배 잡고서 종종걸음 오신 것을

후닥닥 달려나가 짐 받을 줄 몰랐으니

후회한들 어쩌나 엄마는 안 계시니

– 〈어머니〉 전문

멀리 개 짖는 소리만 들리던 한적한 시골 마을에 마치 장이 선 것처럼 떠들썩했던 하루는 그렇게 넘어갔다.

그 후 세월이 흐르면서 사람이 살지 않는 고향집은 무너져 내렸고, 심어 놓은 잔디는 관리 소홀로 몰골이 말이 아니었다. 잡초 무성한 텃밭에 시비만이 홀로 선 채 텅 빈 집터를 지키고 있었다.

이웃 사람들 이야기를 들어 보니 가끔 낯선 사람들이 찾아와서 시비를 둘러보고 간다고 했다. 잔디를 잘 가꾸겠다고 약속할 때는 언제고 그렇게 내팽개쳐 놓다니, 참으로 낯부끄러운 일이었다.

뽑고 돌아서면 다시 돋아나는 풀과의 싸움은 그야말로 전쟁이었다. 이 난제를 해결하기 위해 제수씨가 고심 끝에 시비 앞에 보도블록을 깔았다. 주위에 경계석도 둘렀다.

그제야 시비가 훤하게 눈에 들어왔다. 시비 주위에 형제들이 함께 심어 놓은 작약이 꽃을 피우는 날에는 셋째가 찾아와서 기뻐해 줄는지….

잘 자란 조카를 데리고 고향에 갔다. 시비를 어떻게 관리해야 하는지 일러주었다. 그제야 한시름 놓았다. 늘 못난 형을 믿어 주고 형제간 우애를 몸으로 보여 주었던 동생의 짧은 인생을 생각하면 안타깝기만 하다. 그러나 사람이 떠나고 없는데도 따스한 우정을 나누는 친구가 있는한, 동생은 행복한 사람이요 이 세상을 멋지게 살다 간사람이리라.

동생의 시비를 마주할 때면 우정이란 무엇인가를 생각하게 된다. 우리는 한 세상을 살아가는 것 같지만 실은 두세상을 동시에 살아간다. 하나는 현실 세계요, 다른 하나는 내면 세계다. 눈앞의 세상에 살아남기 위해 안간힘을 쓰다 보니, 내면세계를 돌아볼 여유를 잊고 지낸다. 그 세계를 얼마큼 잘 가꿔 나가느냐에 따라 삶의 질이 달라지는 것 같다. 우정은 그 세계에서 돋아나는 새싹이 아닐까.

이제는 묵정밭이 된 텃밭에 감자꽃 향기가 퍼지듯 시향詩香이 번진다.

동아줄

긴 겨울 끝에 봄이 찾아왔다. 안으로 웅크린 몸과 마음이 밖으로 향하는 계절이다.

서울 도심의 한 아파트에 살 때였다. 되도록이면 창문을 열고 싶었지만 그럴 수가 없었다. 창문을 꼭 닫고 지냈다. 그런데도 어느 틈에 들어왔는지 마룻바닥에 먼지가 쌓여 이틀이 멀다하고 물걸레질을 해야 했다. 게다가 도심의 소음은 나의 인내심을 극한으로 몰고 갔다.

어느 날엔가 따스한 봄 햇살이 거실 바닥에 포근히 내려앉았다. 무심결에 창문을 열었다. 꽃이 단지 안에 들불처럼 번지기 시작했다. 창가에 닿을 듯 말 듯한 여린 벚나무 가지에는 화사한 봄꽃이 주렁주렁 매달렸다. 좀 멀리 떨어진 살구나무 가지에도 불그스레한 꽃봉오리가 다투어 피어나고 있었다. 며칠 전까지만 해도 가지가 부풀어 오르는가 싶더니만 벌써 그렇게들 피었다.

이른 아침이었다. 꽃그늘 아래로 어린 아이가 가방을 메고 간다. 손바닥만 한 가방을 메고 엄마 손에 매달려 발장난을 하며 유치원으로 들어갔다.

다른 쪽에서는 유치원 앞에 도착한 아이가 아빠 손을 놓고 안으로 뛰어들어갔다. 아빠는 걸음을 잠시 멈추고 돌아서서 아이 뒷모습을 확인하고는 총총히 사라졌다. 곱게 땋아 뒤로 넘긴 아이의 머리 매무새에는 어머니의 따뜻한 손길이 보였고, 가던 길 멈추고 뒤돌아보던 아버지의 모습에는 사랑이 보였다.

주차장 쪽으로 눈을 돌리자 사내아이와 엄마가 뛰다시피 걸어갔다. 엄마는 앞에서 종종걸음을 치고 아이는 가방이 무거운 듯 뒤뚱거리며 따라갔다. 아마도 학교에 가는 모양이었다. 엄마가 차로 아이를 데려다주는 것이리라.

아이와 엄마 사이에, 아이와 아빠 사이에 무엇이 있기에 저러고들 있는 것인가? 나는 잠시 생각에 잠겼다. 그들 사이에는 이어진 줄이 있다. 엄마 동아줄과 아빠 동아줄이다. 그 줄은 투명하고 눈물 나는 줄이다. 자를 수도 없고 놓을 수도 없다. 한쪽이 놓게 되면 다른 한쪽이 가슴앓이하는 줄이다. 그 줄을 잡고 자란 나는 지금은 끊어진 줄을 잡고 혼자 서 있다.

20여 년 전 서둘러 동아줄을 놓으신 어머니 아버지 생각이 난다.

사교육의 파도를 탄 손녀

영하 10도를 오르내리는 추운 겨울 어느 날이었다. 해가 저물 무렵, 딸애와 막내 손녀가 내가 살고 있는 아파트 문을 열고 들어섰다. 손녀의 손을 잡아 보니 차갑고 볼이 빨갰다.

당시 서초동에는 초등학생을 대상으로 수학을 전문으로 가르치는 학원이 있었다. 도곡동에 사는 손녀는 방과 후 바로 그 학원에서 수학 과목 선행 수업을 받고 있었다. 초등학교 6학년이 중학교 3학년 수준의 수학 문제를 푼다고 했다.

딸애와 잠시 이야기를 나누다가 손녀를 불러 보았으나 대답이 없었다. 그새 할아버지 침대에서 잠이 들었다. 안경을 벗지도 않고 혼곤히 잠든 얼굴에 지친 기색이 역력했다. 저 어린 손녀가 감당해야 할 배움의 무게가 천근으로 다가왔다.

나는 시골 소도시에서 학교를 다녔다. 그때는 학원이란 말을 들어본 적이 없었다. 학교 공부만 열심히 하면 원하는 학교에 갈 수 있었다. 그러나 지금은 학원의 위세에 눌려 공교육이 휘청거릴 정도다. 학원에서 경쟁하듯 선행 수업을 시키는 바람에 아이들이 학교 공부에 흥미를 잃어버리는 게 아닌가 싶다.

중고등학생은 말할 것도 없고 초등학생까지 학원을 찾아 나서다 보니 아이들은 아이들대로 지치고, 학원비 부담에 부모의 허리는 휘어진다.

몇 해 전 한 지상파 방송에서 중학교 수업 현장을 방영한 적이 있다. 선생님이 학생들과 마주 보며 수업을 진행하고 있는데, 책상에 엎드려 잠을 자는 학생들이 여기저기 눈에 띄었다. 수업 분위기가 산만하기 그지없었다.

그런데 선생님은 자는 아이를 깨우려 하지도 않고 그대로 수업을 진행했다. 선생님 말씀이 허공을 맴도는 것만 같았다. 그 속이 얼마나 답답할까. 그런 일이 매일 반복되다 보면 허탈감에 의욕을 잃지 않을까 싶다. 사교육의

광풍에 밀려 공교육이 무너지는 현장이었다.

가끔 딸애 집에 들를 때 학교 수업을 마친 손녀가 식사하는 모습을 보곤 한다. 밥을 먹고 있는데도 어미는 빨리먹으라고 재촉했다. 그 말이 귀에 못이 박힌 듯 손녀는 아무 말이 없었다. 학원 시간이 임박하다는 걸 알지만 속으로 어미가 원망스러웠을 것이고, 어미는 어미대로 속이 탔을 것이다.

식사가 끝나기 무섭게 어미는 아이를 학원으로 데려갔고, 끝날 때쯤 다시 가서 아이를 데려왔다. 다람쥐 쳇바퀴도는 격이랄까. 저러다 어미가 혼잡한 거리에서 혹여 교통사고를 내지 않을까 하고, 나는 은근히 걱정되었다. 두 아이를 그렇게 키우다 보니 딸애의 하루는 온데간데없고, 시계의 초침이 아예 손녀의 일과에 맞추어져 버렸다.

책을 읽고 글을 쓰다 보면 자정을 훌쩍 넘어서야 잠자리에 들 때가 있다. 자기 전 문단속을 하다 보면 자연스럽게 앞뒤 아파트가 눈에 들어온다. 잠든 아파트에 띄엄띄엄불 켜진 방이 보인다. 누구네 아들인지 딸인지는 몰라도시험을 앞두고 졸음과 사투를 벌이고 있을 것이다. 늦게까지 꺼지지 않는 불, 새벽을 여는 저 고단한 불빛.

내가 어렸을 때는 '밥상머리 교육'이란 게 있었다. 가족이 함께 식사하면서 소통하고 가족 간의 유대감을 확인하는 자리였다. 정서적인 안정감과 긍정적인 마음을 기를 수 있는 소중한 자리였다. 그런데 그런 식사 문화가 사라졌다. 아버지는 직장일로 바쁘고, 어머니도 돈벌이 전선으로 떠밀려 나다 보니 아이들은 라면, 패스트푸드 등으로 끼니를 때우며 학원을 전전한다. 밥상머리 교육은 이제 옛날이야기가 되고 만 셈이다. 안타까운 일이다.

사회생활을 하다 보면 학업 못지않게 중요한 것이 인성이라는 생각이 든다. 인성은 학업보다 더 위일 수도 있다. 사람의 됨됨이는 하루아침에 길러지는 것이 아니다. 자라면서 학교 교육이나 어른들로부터 배우는 가운데 알게 모르게 몸에 배는 것이리라. 모든 교육이 입시에 초점을 맞추다 보니 정서 함양이나 인성 교육은 뒷전으로 밀려나고 말았다.

문제 풀이로 하루해가 뜨고 문제 풀이로 하루해가 지는 속에서 자란 손녀가 어렵사리 대학에 들어갔다. 인성교육을 제대로 받지 못한 손녀를 생각하면 어쩐지 그림을 그리다 만 듯한 느낌을 지울 수가 없다.

대학 생활을 하느라 손녀는 손녀대로 바쁘고, 어미도 본연의 생활 터전으로 돌아가다 보니 자연히 부모 자식 간의 대화 시간조차 많이 줄어들었다. 인성을 갖춘 한 사람의 사회인으로 성장하는 건 손녀의 몫이다.

손녀는 가슴을 옥죄던 입시지옥을 벗어났다. 이제부터는 친구들과 활발하게 소통하고 화합하는 미덕을 스스로 배워 나가야 할 것이다. 한 사람의 성숙한 사회인으로 성장해 가는 모습을 보면서 할아버지가 응원할 것이다.

달라진 졸업식

2013년 2월 중순, 날씨가 제법 쌀쌀했다. 둘째 외손녀의 졸업식이 거행되는 강남의 대도초등학교로 갔다.

교정에 들어서니 넓은 운동장은 이미 주차장이 되어 있었다. 졸업식장을 물어보니 강당이라고 했다. 졸업식 장면은 훗날 두고두고 추억거리가 되기에, 휴대폰에 잘 담아 두었다가 손녀에게 주리라 마음먹었다. 강당 문을 열고 들어서는데 문을 지키고 있던 안내원이 말했다.

"밖에서 기다리세요. 졸업식장에는 학부모님이 들어가실 수 없습니다."

뜻밖이었다.

'졸업식은 학부모들에게 공개하는 것이 아니던가?'

하는 수 없이 딸애와 함께 외손녀의 교실을 찾아 4층

계단을 올랐다. 얼마나 오르락내리락했을까, 시멘트 바닥이 닳아 반질반질했다. 거기에는 외손녀의 바쁜 걸음도 한몫했으리라.

교실을 찾아가니 빈자리가 없었다. 좀 이른 시간인데도 학부모들이 의자를 다 차지하고 있었고, 교실 뒤쪽에도 빈틈없이 서서 교실 앞쪽 벽면에 붙은 텔레비전을 통해 졸업식 중개방송을 보고 있었다. 교실 밖 복도에서 창문을 통해 기웃거리다가 혹시나 하고 졸업식장을 다시 찾아갔다.

강당 문을 지키고 있던 안내원이 보이지 않았다. 문을 살짝 열어 보니 졸업식은 이미 진행 중이었고, 몇몇 학부모가 어느새 들어와 있었다. 우리도 그들 옆자리에 서서 졸업식 장면을 보았다. 넓은 강당 앞쪽에는 졸업생들이 줄을 지어 앉아 있고, 단상에는 교장 선생님과 담임 선생님이 졸업생을 맞이하고 있었다. 사회자가 반별로 다섯 명씩 졸업생을 호명하면 단상으로 올라가서 나란히 섰다. 교장 선생님이 한 사람씩 졸업장을 수여하면 옆에 서 있던 담임 선생님이 등을 토닥여 주었다. 이별의 아쉬움이 가슴으로 전해지는 순간이었다.

그런데 식장 분위기가 어수선했다. 단상에서는 졸업장

을 수여하고 있는데, 자리를 지키고 있어야 할 졸업생들은 가만히 앉아 있지 않았다. 졸업식 장면을 찍느라 의자를 밟고 일어서기도 하고, 옆 친구들과 웃고 떠드느라 졸업식에는 별로 관심이 없는 듯 보였다. 그 누구도 이를 제지하지 않았다.

졸업장 수여가 끝나고 음악 선생님 지휘에 따라 졸업가를 불렀다. 생각 외로 졸업생들이 1, 2, 3절을 다 불렀다. 강당에서의 합동 졸업식은 그렇게 끝이 났다.

졸업식이 끝나고 외손녀에게 물어보았다. 후배들이 참석하지 않아 졸업생들이 1절부터 3절까지 다 불렀단다. 무슨 사정이 있었는지는 알 길이 없지만, 망치로 한 대 얻어맞은 기분이었다. 혹시라도 강당 사정이 허락지 않았다면 재학생 대표라도 내세워 1절을 부르게 하고, 3절은 졸업생과 함께 불러야 하지 않았을까.

졸업장을 들고 각자의 교실로 돌아온 학생들은 제자리를 찾아 앉았다. 학부모가 지켜보는 가운데 상장 수여가 있었다. 헤어지기 아쉬운 담임 선생님은 아이들을 한 사람씩 앞으로 불러내어 그동안 쌓인 정을 풀어내는 시간을 보냈다. 가슴이 촉촉이 젖어드는 것 같았다. 강당에서의 졸업식 장면에 실망이 컸는데, 교실에서 진행된 또 하나의 졸업식에서 위안을 받은 기분이었다.

문득 나의 초등학교 졸업식 장면이 떠올랐다. 교장 선생님과 면장, 지서장이 단상에 자리하고 졸업식은 엄숙하게 진행되었다. 졸업장 수여, 상장 수여 다음에 축사가 이어지고 식 말미에 졸업가를 함께 불렀다. 풍금 소리에 맞춰 '빛나는 졸업장을 타신 언니께'로 시작하는 1절은 재학생들이 부르고, '잘 있거라 아우들아 정든 교실아'로 시작하는 2절을 졸업생들이 부르면, '앞에서 끌어주고 뒤에서 밀며'로 시작되는 마지막 절은 졸업생과 재학생이 함께 불렀다. 헤어진다는 아쉬움에 눈시울이 붉어졌던 그때 일은, 머리에 서리가 내린 지금도 잊으려야 잊을 수가 없다.

졸업은 하나의 매듭을 짓는 중요한 일이다. 지난 학교생활을 돌아보고, 앞날을 생각해 보는 소중한 의미를 지니고 있다.

어수선하고 자유분방한 합동 졸업식, 조용하고 따뜻했던 교실에서의 졸업식을 경험한 손녀는 이제 더 넓은 세상을 향해 나아갈 것이다. 그곳에서 더 많이 배우고 익히면서 성숙한 사람으로 성장하기를 마음속으로 빌었다.

정자 앞 은행나무

고향 마을 정자 앞에는 은행나무 한 그루가 있다. 소꿉 동무들이 손을 이어 잡고 안아 보기도 하고 술래잡기를 하던 아름드리나무다.

봄이면 새로운 가지를 하늘로 뻗고, 여름이면 시원한 그 늘을 드리워 사람들을 쉬어 가게 했다. 가을에는 가는 해 가 아쉬워 노란 은행잎과 튼실한 황금빛 은행을 매달고 마지막 치장을 했다.

1982년 군목郡木으로 지정될 당시 수령이 400년, 수고 樹高 20미터, 둘레 4.3미터로 위세가 당당하던 은행나무. 40년 가까운 세월이 더 흐른 지금은 나이가 들어 몸집이 많 이 줄긴 했지만 여전히 마을을 지키는 든든한 수문장이다.

고향 마을은 나지막한 산자락에 자리하고 있다. 정자와

종갓집을 비롯한 20여 호에 가까운 집들이 옹기종기 길게 늘어서 있다. 안마을이다. 마을 앞에는 너른 들이 있고 그 한가운데를 가로지르는 한길을 사이에 두고 성따물, 바깥마을 세 동네가 어우러져 살아간다.

더위가 시작되는 초여름에 접어들면 하얀 모시 두루마기에 갓을 쓰고 긴 담뱃대를 문 할아버지들이 정자로 모여들었다. 바람에 일렁이는 푸른 들, 그 사이로 드러난 새하얀 한길이 한데 어우러져 한폭의 그림이었다.

종갓집이 있어 원근 손님들이 심심찮게 드나드는 바람에 동네 할아버지들은 항시 의관을 정제하고 다니셨다. 돌이켜 생각하면 그때 정자에 모였던 할아버지들의 두루마기 차림은 자손들에게 자존심과 긍지를 세워 준 정신적 지주 역할을 하지 않았나 싶다.

정자는 대문을 들어서서 돌계단 네댓 개를 올라가야 한다. 앞뜰에 선 키 큰 배롱나무가 발갛게 꽃을 피우면 꽃을 보며 시름을 달랬을 것이고, 너른 들에 푸르게 자라는 벼를 보며 가난을 잊었을 것이다. 정자 뒤 대숲 바람소리를 들으면서 바둑을 두기도 하고, 목침을 괴고 잠을 청했을 것이다.

어렸을 적 나는 가끔 아버지를 따라 정자에 갔다. 정자 앞에는 도랑이 있고 농사철에는 언제나 물이 가득 흘렀다. 거기서 걸레를 빨아 정자 마루와 작은 방을 청소하고 칭찬을 받으면 신이 나서 저절로 어깨가 으쓱거렸다.

자라면서 외지에 나가 있을 때도 고향에 들를 때면 먼저 정자에 가서 어른들에게 큰절로 인사를 드렸다. 그런데 그분들이 모두 떠난 지금은 정자만 덩그렇게 남아 사람을 기다리고 있는 것 같다.

내가 세상을 분주히 사느라 눈여겨보지 못한 사이 우람하던 은행나무도 이제는 많이 늙었다. 치솟았던 가지는 삭정이가 되어 내려앉았고, 허리는 깁스를 한 지 오래되었다. 속이 점점 비어 가고 키가 눈에 띄게 줄어들어 조금 기운 듯하지만 가지는 여전히 꽃을 피우고 열매를 맺는다.

은행나무를 마주하고 서면 지금도 어렴풋이 떠오르는 일이 있다. 정자 바로 옆에 고지기가 살고 있었는데, 그는 일가의 대소사를 도왔다. 가을 시제時祭를 드릴 때는 지게에 떡을 비롯한 제물을 지고 어른들을 따라 뒷산을 오르내렸고, 동네 회의를 소집할 때는 은행나무 축대에 올라서서 목청껏 외쳤다.

"동회 나오이소."

스피커가 없던 시절이라 이른 아침이나 해 질 무렵 가끔 고지기의 우렁찬 목소리가 들렸다. 그 목소리는 동네 구석구석까지 멀리 퍼져 나갔다. 그걸 듣고 동네 어른들이 삼삼오오 정자로 모여들었다.

원래 고향 마을 집들은 옹기종기 어깨를 맞대고 있어 자매처럼 다정해 보였는데, 지금은 듬성듬성 자리가 비었다. 어른들이 돌아가시고 젊은이들은 더 넓은 세상을 찾아 외지로 나간 탓이리라. 정자 뒤 어른 팔뚝만 한 대나무는 숲을 이뤄 밤이면 새들에게 따뜻한 보금자리를 내주었는데, 어느 해인가 하얗게 꽃을 피우고는 다 쓰러지더니 다시 소생하는 중이다. 그 가운데도 은행나무는 쇠잔한 몸을 애써 추스르며 지금껏 마을을 지키고 섰다. 고통을 속으로 삭이고 남은 힘을 다해 의연하게 자리를 지키고 있다.

가치관의 혼돈 속에서 갈피를 잡지 못하고 방황할 때면 가끔 고향의 은행나무가 생각난다. 가진 것을 조금씩 내려놓으면서 묵묵히 자리를 지키고 선 모습에서 고고한 선비의 기품이 느껴진다. 그럴 때면 나도 모르게 옷깃을 여미게 된다.

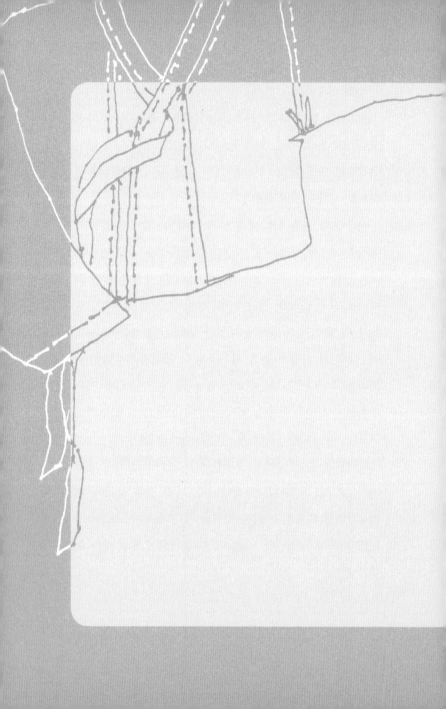

제2부

아내의 빈자리

이른 봄 들에 나가면 흔히 볼 수 있는 봄나물이 냉이다. 추운 겨울을 견디어 내고 봄이 오는 것을 알린다. 어디고 지천으로 돋아나는 냉이는 봄나물로는 으뜸이다. 쌉싸래하고 향긋한 냄새는 겨울을 나면서 잃어버린 입맛을 돋우어 준다. 양식이 떨어지는 봄에는 냉이죽을 쑤어 먹으면서 춘궁기를 넘기도 했다니, 그 흔한 나물이 새삼 귀하다는 생각이 든다.

지금은 시설 재배가 늘어나면서 사시사철 냉이를 먹을 수 있지만, 야생 냉이의 향에 미치지는 못한다. 오랜 기다림 끝에 제철에 나는 나물이라야 제 맛이 난다.

시골에서 나고 자란 나는 특히 봄나물을 좋아했다. 아내는 고향은 시골이지만 서울 태생이라, 나와는 취향이

다를 것 같았는데 다행히 나처럼 나물을 좋아했다.

겨울이 물러날 무렵이면 아내와 나는 누가 먼저랄 것
도 없이 봄나물 캘 장소부터 의논하곤 했다. 사람들의 왕
래가 뜸한 곳, 과수원처럼 농약을 많이 치는 곳은 피해서
자드락밭이나 논두렁, 밭두렁, 묵은 채소밭 같은 곳을 선
호했다.

봄나물 캐러 나들이하는 날은 긴 겨울 움츠렸던 몸과
마음이 한결 가벼웠다. 작은 칼, 가위, 물, 면장갑, 간식거
리, 그리고 비닐봉지를 챙겼다. 파릇파릇한 봄나물 만날
생각에 자동차 페달에 올려놓은 발에 은근히 힘이 들어
갔다.

냉이와 달래는 호미로, 쑥은 칼이나 가위로 밑동을 잘
라냈다. 그때는 시간 가는 것이 왜 그리도 아깝던지, 해가
기우는 줄도 허리가 아픈 줄도 몰랐다.

봉지에다 봄을 가득 담아 오던 날은 언제나 흐뭇했다.
뜯어 온 냉이와 달래를 마룻바닥에 신문지를 깔고 헤쳐
놓았다. 나물 고르는 아내 모습은 세상 시름을 다 내려놓
은 듯 평화로웠다.

아내는 다듬은 냉이를 깨끗이 씻어 적당한 크기로 썰었

다. 뚝배기에 육수와 표고버섯을 넣고 끓인 다음, 된장과 냉이를 넣고 냉잇국을 끓였다. 향긋한 봄기운 한 그릇에 겨우내 잃었던 입맛이 금방 돌아오는 것 같았다.

그러던 아내에게 간암이라는 불치의 병이 찾아왔다. 오랜 투병 생활이 이어졌지만 끝내 희망의 끈을 놓고 말았다. 10여 년 전, 병원 창문 밖으로 내려다보이는 올림픽 대로변에는 이른 아침 희부연 안개 속으로 봄이 오고 있었다.

아내는 오는 봄을 맞이하지 못하고 하늘나라로 갔는데, 남은 나는 아내를 그리며 '이별'이라는 서투른 내 노래를 부른다.

생각난다
당신이 떠나던 날이

안개비 속에
개나리 꽃망울 앞세우고
봄이 찾아오던 그날

당신이 떠난 자리에

올해도 안개비는 내리는데
내 눈시울이 젖네

못다 한 그대 향한
나의 사랑이
젖고 있네

아내는 생전에 내게 말했다.

"내가 먼저 죽으면 화장해서 풀꽃 피는 양지바른 곳에 뿌려 주세요."

그러나 내 생각은 달랐다. 아내를 흔적도 없이 보낼 수는 없었다. 그래서 영천에 있는 선산에 수목장을 하기로 마음먹었다. 서울에서 천여 리 떨어진 곳이라 멀기는 해도, 그곳은 완만한 경사에다 키 작은 소나무가 촘촘히 자라고 있어 들어서면 왠지 모르게 마음이 편안해지는 곳이다.

서울에 사는 아이들과 상의해 보았으나 내 생각과는 달랐다. 수목장은 좋지만 장지는 서울에서 가까운 곳으로 하자고 했다. 그래야 엄마 보고 싶을 때 쉽게 찾아가 볼 수 있다는 것이다. 결국 내 생각을 접을 수밖에 없었다.

당시만 해도 수목장은 법으로 허용되지 않던 때여서 장지를 구하기가 무척 힘들었다. 서울 근교를 물색하던 중 불교방송을 통해 어렵사리 경기도 안성에 있는 '도피안사'를 소개받았다. 주지 스님이 따뜻하게 맞아 주었다. 양지바른 곳에 조성해 놓은 '모란동산'에 아내의 안식처를 정하고 나니 한결 마음이 가벼웠다. 지금은 한 그루 작은 모란을 의지하고 아내가 잠들어 있다.

아이들은 결혼하고 각자 자기 보금자리로 떠났다. 빈집에 남겨진 건 나뿐. 혼자 남게 되니 가장 힘든 게 음식 만드는 일이었다. 아내가 있을 때 음식 만드는 것을 눈여겨보아 둔 것이 한 가지도 없었다. 늦게 후회한들 무슨 소용이 있겠는가.

생각 끝에 요리학원을 찾아 나섰다. 학원을 두 곳이나 다니며 6개월 동안 실습을 하고 나니, 식생활 문제는 어느 정도 해결되었다.

그런데 외출했다가 늦게 집에 들어올 때면, 아내 대신 나를 맞이하는 건 언제나 불 꺼진 캄캄한 집이었다. 더듬더듬 신발을 벗고 들어와 전등 켜는 일이 이제 일상이 되어 버렸다.

끼니때가 되어도 밥 먹으라는 사람이 없다. 집에 있는 날이면 종일 말 한마디 건넬 곳이 없어 이러다 말문이 막혀 버리는 게 아닌가 싶기도 하다. 휑한 식탁이 싫어 작은 것으로 바꾸어 보았지만, 식탁이 작다고 외로움이 작아지는 건 아니어서 빈자리는 언제나 쓰리다.

세월이 흘러도 아무리 애를 써도 헤어날 수 없는 것이 외로움이라면, 차라리 동행하는 편이 낫겠다는 생각이 들었다.

마음을 고쳐먹으니 조금 편안해졌다고는 하지만, 문득문득 찾아오는 외로움은 피할 길이 없다. 아내가 앉았던 자리에 슬그머니 봄볕이 앉아 있다.

아내가 남긴 편지

아내와 경기도 광명리에 조그마한 집을 마련한 것은 1976년이었다. 그해 8월 초순, 나는 스위스 보험 연수원의 4개월 코스 연수 과정에 등록했다. 미지의 세계에 대한 호기심과 설렘으로 밤잠을 설치기도 했지만, 무엇보다 걱정스러웠던 것은 학습 내용을 제대로 소화해 낼 수 있을까 하는 문제였다. 영어사전을 늘 옆에 두고 지내긴 했어도 외국인과 대화해 볼 기회가 많지 않았던 나로서는 힘에 부치는 일이었다. 게다가 초등학교 선생인 아내가 다섯 살, 두 살짜리 두 아이를 돌봐야 하는 것이 마음에 걸렸는데, 아내는 집안 걱정은 하지 말라고 했다.

연수 시작 되기 이틀 전에야 스위스 취리히 공항에 도착했다. 미리 준비해야 할 일들로 마음이 몹시 바빴다. 고맙게도 스위스재보험회사 직원이 공항에서 나를 맞아 주었고, 함께 시장도 보고 연수원 가는 길도 안내해 주어 한시름 놓을 수 있었다.

연수원이 개강하고 정신없이 며칠이 지나갔다. 겨우 한숨을 돌리고 안정되기 시작한 어느 날, 연수원으로 아내의 편지가 날아들었다. 편지를 받아드니 걱정하는 아내의 얼굴이 떠올라 눈물이 나올 것만 같았다. 가방에 편지를 챙겨 넣었다. 강의가 끝나고 집에 돌아오자마자 바로 편지 봉투를 열어 보았다.

결혼 7년이 되도록 적당한 호칭 하나 만들지 못했군요. 그간 여행은 어떠셨는지요. 무사히 도착하였으리라 믿어요. 떠나시던 날 공항에서 돌아와 마당에서 비행기가 지나길 아무리 기다려도 와야지요. 평상시에는 연속극 볼 때마다 지나가는 비행기 소리가 무척 얄미웠는데, 어쩌면 그 소리가 그렇게 기다려지던지요.

항공사에 알아보니 금방 떠났다고 하더군요. 그래서 모두 마당에 나와 하늘을 보며 기다리다, 다시 한번 배웅했습니다. 빨간 불이 멀리 사라질 때까지 배웅하고 들어오는데, 공연스레 눈물이 왈칵 쏟아지더군요. 자기 안 계신 집 안이 이렇게 허전하고 외로울 수가 없어요.

결혼하고 처음으로 오랫동안 떨어져 지내게 되었네요. 자기는 너무 말수가 적어 가끔 섭섭하고 외로웠는데, 떨어져 있어야 한다고 생각하니, 그런 마음 하나도 없고 허전하기만 해요. 역시 자기의 큰 그늘 속에서만 생명을 이어 갈 수 있는 작은 존재임을 새삼 느낍니다. 무리하지 마시되 자주 소식 주셔요. 8월 18일

당시만 해도 해외 연수가 흔치 않은 시절이라, 첫 해외 나들이에 나서는 내게 거는 기대가 컸던 만큼 또한 염려도 컸던 모양이다. 얼마나 걱정이 되었으면 집에 돌아와서도 마당에 나와 하늘을 향해 다시 한번 배웅했을까. 기대에 부응해야겠다고 다짐했다. 가장의 빈자리가 컸을 아내 걱정을 내가 했듯이, 먼 이국에서 스스로 밥을 지어 먹으며 공부해야 하는 남편 생각에 아내도 마음을 졸였을 것이다. 늘 곁에 있어 무심하게 지내던 가족이란 말이, 멀리 떨어져 있고 보니 새삼스럽게 다가왔다. 가족이 있어 행복했다. 가족이라는 울타리를 어떻게 지켜야 할 것인지

곰곰이 생각하게 되었다. 며칠을 두고 두 번째, 세 번째 편지가 왔다.

자기 월급으로 106,410원이 나왔어요. 이달은 근무한 걸로 되어 그런지 직책 수당도 나왔어요. 엄마와 아주머니한테 빌린 돈 다 갚았어요. 9월분 적금 붓고, 설탕과 밀가루 값이 오른다기에 미리 준비했어요. 이제 빚은 하나도 없어요. 이달 보너스 일찍 나온다니까, 받게 되면 쌀과 연탄을 살까 합니다. 8월 23일

요즘 이곳은 8·18 도끼만행사건으로 정국이 불안하고 위험한 상태예요. 북한군 30여 명이 미군 장교 두 명을 도끼와 몽둥이로 살해하는 끔찍한 일이 벌어졌어요. 미군은 전쟁 준비 상태에 들어갔고, 우리 군軍도 휴가 중인 장병들이 귀대하는 등 아주 불안합니다. 자기도 몸조심하셔요. 8월 26일

아내의 살림살이가 빈틈없다는 생각이 들었다. 많지 않은 돈을 이리 쪼개고 저리 쪼개서 적금 붓고, 아이들

밥 먹이고, 빚까지 갚았다니 얼마나 힘들었을까. 돌아가면 술자리 좀 줄이고 보조를 맞추어야겠다고 생각했다.

휴전 상태라 한시도 마음 편하게 지낸 적이 없었는데, 도끼만행사건이 터지다니, 겁이 덜컥 났다. 퍼뜩 6·25전쟁이 떠올랐다. 얼마나 많은 목숨을 앗아 갔으며, 또 얼마나 고통스러웠던가. 불안한 마음을 떨칠 수가 없었다. 더욱이 가장이 없는 마당에 아내는 얼마나 두려워하고 있을까. 불안해하는 아내에게 위로의 답장을 썼다. 아내가 궁금해할 일상생활을 편지로 써서 보내기로 했다.

보고 싶은 현주 엄마에게

취리히는 스위스 제일의 도시라고는 하지만 인구 40만 명 남짓한 호수를 낀 작은 도시랍니다. 인구에 비해 꽤 큰 호수라서 여기저기 요트가 보이고, 배도 운항하고 있어요. 바다가 없는 나라라서 이곳 사람들은 호수를 바다로 생각하는 것 같아요. 대중 교통수단으로는 서울에서 철거된 전차와 전선줄에 매달려 달리는 버스여서 공해라고는 없는 듯하오. 버스표는 길가에 설치된 자동판매기에서 사며, 타고 내려도 표를 보자는 사람이 없어요.

이제 내 방 좀 보여 줄게요. 연수원에서 걸어서 10분 정도 거리에 있는 3층 빌라 2층인데, 예닐곱 평쯤 됩니다. 바닥은 양탄자, 침대엔 모포 두 장에다 홑이불과 베개, 머리맡엔 책장 하나, 구석 쪽으로 책상과 전기스탠드가 보이네요. 그 옆에 세면기와 싱크대, 전기레인지, 밥솥이 있고, 찬장에는 접시 다섯 개와 숟가락, 포크, 나무 도마가 있어요. 그 외 냉장고와 옷장, 테이블과 의자 한 개가 전부요. 한 발만 움직이면 다 해결된답니다. 세탁실과 샤워실은 공용이라서, 익숙해지려면 시간이 좀 걸리겠지요. 아참, 일전에 보내 준 멸치는 같이 온 친구에게 좀 나누어 주었고, 쥐포를 구워 먹었더니 맛있다고 야단들이오. 바쁜 중에 소포 부치느라 고생하였소. 이제 더는 애쓰지 마시오. 8월 29일

며칠 후 아내의 편지려니 했는데 뜻밖에 아이들의 편지가 왔다.

　아빠! 나 현주여요. 엄마가 그러는데 아빠 혼자서 밥해 먹는다면서요. 나는 아빠가 만든 밥 먹고 싶어요.

아빠! 엄마가 다리가 많이 아프다고 하더니 아빠한테 편지 쓸 때는 안 아프다 그래서, 맨날 편지 쓰라고 했더니 '히' 하고 웃어요. 비행기가 지나갈 때는 승민이랑 "아빠" 하며 손을 흔들었는데도 아빠는 안 보였어요. 다음부터는 손 안 흔들래요. 엄마가 그러는데 아빠는 그 비행기에 없대요. 그럼 어떤 비행기에 탔어요? 아빠 하늘만큼 땅만큼 보고 싶어요. 왜 그렇게 오래 있어요?

아빠! 나 승민이야. 삼촌이 놀이터에 안 데리고 가. 누나는 혼자만 그림 그리는데, 아주 그냥 꼴돼지야. 엄마는 맨날 뭐 안 사주고 그랬어. 엄마가 기침한다고 주사 맞으래서 맞았어요. 많이 겁났어요. 부라보콘 사가지고 빨리 와. 9월 10일

아직 어려서 글자를 익히지 못했으니 아내가 아이들 말을 받아 적은 모양이었다. 갑자기 아이들이 보고 싶어졌다. 둘이 계단 옆에 쪼그리고 앉아 소꿉놀이하던 모습, 잠자기 전 방바닥에 펴놓은 이불 위에서 엉겨 태권도, 레슬링 흉내를 내면서 장난을 치던 일이 떠올라 나도 모르

게 웃음이 나왔다.

스위스에 온 지 한 달밖에 되지 않았는데, 벌써 아이들이 보고 싶고 학교 일로 바쁠 아내의 건강이 걱정되던 차에 아내의 편지가 또 왔다.

박 대통령이 운동회를 부활시키라고 지시했기 때문에 아주 힘이 들어요. 내용은 민속놀이와 총력안보, 새마을 운동이라야 하는데, 새 교장 선생님의 주문 수준이 높아 뱁새가 황새 따라가는 격이어요.

하여튼 하라는 대로 입에 맞게 해야겠는데 아이들 수준은 저 아래에 있으니 목청을 두 개쯤은 여벌로 준비해야겠어요. 자기가 돌아오셨을 땐 가뜩이나 검은 얼굴이 더 검어지고 꾀꼬리(?) 같던 목소리는 타조 목소리가 되어 있을까 봐 겁나요. 쫓겨 갈 준비로 들어갈 만한 큼직한 가방 하나 준비해 놓을게요. 9월 12일

요즘 얼굴이 더 검어지고 눈 밑과 입가에 기미가 많이 앉았어요. 7일 날은 그야말로 파김치가 되어 집에 돌아왔는데 "수고했어" 하는 자기의 위로가 없으니까 그렇게

허전할 수가 없었어요. 이불 속에서 혼자 눈물을 흘렸어요. 엄마가 대신 "힘들지 않느냐, 수고했다" 위로해 주셨지만, 자기의 말 한마디에 비하면 아무것도 아니어요. 다행히도 운동회는 성황리에 끝났어요. 제가 맡았던 탈춤이 인기를 끌어 칭찬을 많이 받았답니다. 전부 자기가 염려해준 덕분으로 생각해요. 10월 10일

운동회가 한동안 사라지는 바람에 아내가 많이 편해졌다고 하더니만, 다시 부활된 모양이었다. 운동회는 학교 역량을 학부모들에게 내보이는 자리요, 학교와 학부모가 가까워지는 중요한 자리다.

운동회 때문에 아내가 많이 힘들겠다는 생각이 들어 안타까웠다. 멀리서 응원하는 것밖엔 해 줄 것이라곤 아무것도 없었다. 사흘이 멀다 하고 오던 아내의 편지가 한동안 뜸하더니, 또 소식을 보내왔다.

지금 시간이 밤 10시예요. 삼촌이 지금 막 들어오는군요. 아주머니가 잠을 자기 때문에 제가 밥을 차려야 해요. 회사 일이 힘이 드는지 삼촌이 많이 마른 것 같아

요. 아이들 과자를 사 왔더군요. 애들이 무척 좋아할 것 같아요.

이야기를 하다 보니 12시가 넘었어요. 자기 사진이나 봐야겠어요. 요즘은 사진을 가방에 넣고 다니면서 보고 있어요. 집에서는 보고 싶어도 엄마랑 아주머니 때문에 못 보고 그랬는데, 오늘 밤은 다들 주무시니까 실컷 볼래요. 10반 선생님이 저만 보면 생과부 생과부 하면서 놀려요, 빨리 자기가 오셔야 그 소리 면할 텐데. 두 달이 빨리 갔으면 좋겠어요. 11월 2일

막냇동생이 좀 늦었나 보다. 귀국하면 내 사진에 손때가 얼마나 묻었는지 봐야겠다. 아내의 편지 내용은 일상생활에 있었던 소소한 일들이었지만, 나에게는 하나같이 반가운 소식들이었다. 나도 아내에게 자주 편지를 써야겠다고 생각했지만 그러질 못했다. 오랜만에 아내에게 편지를 보냈다.

현주 엄마 보시오.
연수원 수업은 오전 8시 반에 시작해서 오후 3시 50분

에 끝나요. 지난밤 좀 늦게 잤더니 교장 선생님 강의인데도 많이 졸았나 봐요. 얼마나 미안스러운지 몸 둘 바를 몰랐어요. 수업 후 이라크 친구가 다가와서 많이 졸더라면서 웃지 않겠어요. 연수원에서 제공하는 음식이 너무 짜서, 식후엔 물 한 컵을 꼭 먹고 있어요. 요리하면서 무슨 소금을 그리도 많이 넣는지. 다음 달 16일 연수가 끝나면 영국, 미국, 일본을 들러 27일 김포공항에 도착 예정입니다. 일정이 확정되는 대로 다시 연락할게요.

11월 9일

연수원에 가는 날이면 편지함부터 먼저 확인하는 것이 어느새 버릇이 되었다. 혹시 아내의 편지가 오지 않았나 하고 보았더니, 그날도 편지가 와 있었다.

오늘 월급 받아서 3만 원 은행에 넣었어요. 이달은 김장도 해야겠고, 삼촌과 아이들 겨울옷이랑 아주머니 겨울옷 등 준비해야 할 일이 많네요.

올해는 꼭 제 오버를 해 입으려고 했는데, 물 건너간 것 같아요. 다른 사람들은 어떻게 오버를 한꺼번에 2개,

3개씩이나 맞추는지 이해가 안 가요. 11월 17일

　현주 아빠, 오늘이 무슨 날인지 아셔요. 이규대와 김진자가 주례 선생님 앞에서 서로 사랑하겠다고 서약한 날이에요. 6년 전 일인데도 어제 일 같아요. 경주 신혼여행 때의 즐거웠던 일, 영천에서 폐백을 드리며 시댁 어른들 앞에서 쪼그리고 앉아 다리가 아플 때, 자기가 슬쩍 뒤뜰로 불러내 주어 위기를 모면했던 일, 무릎 춤을 추던 동네 할머니의 장난기 띤 얼굴, 다람쥐 뛰놀던 뒷산을 보며 이제 나는 이 집 식구가 되었구나 하고 느꼈던 일, 쫀득쫀득한 도토리묵, 신혼여행에서 돌아와 엄마, 언니, 오빠 앞에서 부끄러웠던 일, 그 모든 것들이 어제 일처럼 생생해요. 자기는 선이 굵은 분이라 다 잊었으리라 생각하면서도, 늘 마음속에 간직해 주시면 얼마나 좋을까 하는 생각이 듭니다. 11월 22일

　아빠! 엄마가 화장품을 샀어요. 셋방 아짐마가 조금 주었는데도 또 샀대. 우리 거는 안 사줬어.
　이제 제 차례예요. 다섯 살짜리 현주가 많이 컸지요.

영양크림이 떨어졌기에 하나 샀더니 자기에게 일러바치는군요. 현주 같은 감시병이 있으니까 자기는 안심하셔도 돼요. 한데, 자기 옆에 현주가 있다면 저도 안심할 수 있을 것 같다는 생각이 들어요. 12월 5일

가사에 치어 제 옷 하나 제대로 챙기지 못하고 있을 아내 모습이 선했다. 귀국하면 만사를 제쳐놓고 양장점에 들러야겠다.

서울에서 결혼식을 올리고 경주 신혼여행에서 돌아오자마자 고향집에서 부모님과 친척 어른들에게 인사를 드렸다. 심술궂은 할매들이 신부를 방에다 잡아 두고 풀어 주질 않았으니 내가 구원 투수로 나설 수밖에. 슬며시 아내를 뒤뜰로 불러내어 아픈 다리를 쉬게 해 준 일이 있었다.

결혼 생활 중에 잊었다가는 아내에게 혼쭐나게 당하고, 며칠 고생하게 되는 게 결혼기념일이 아닌가 싶다. 기억만 해 주어도, 작은 꽃송이 하나에도 감동하는 사람이 아내다. 그런데 이번엔 같이 있어 주지도 못했다. 그래도 아내는 내가 돌아갈 때까지 편지로 나를 챙겼다.

이제 돌아오실 날이 20일 정도 남았군요. 이 편지가 마지막이 될 것 같네요. 긴 여정을 무사히 끝마칠 수 있도록 날마다 빌고 있어요. 부디 몸조심하셔요. 교통도덕이 잘 지켜지고 있는 나라라고는 해도 연말이어서 들뜬 분위기에서는 항상 긴장을 늦추지 마세요. 여긴 모두들 잘 있으니 걱정 말아요. 12월 7일

짧은 연수 기간이었지만 아내로부터 자그마치 45통의 편지를 받았다. 매번 항공우편 지면이 모자랄 정도로 빽빽하게 채웠다. 일상의 소소한 이야기에다 속삭이듯 털어 놓는 속 깊은 이야기까지. 나는 매일 아내의 편지를 기다렸고 편지를 읽으면서 외로움을 달랬다.

멀리 떨어져 있고 보니 지난 일들이 떠올랐다. 집을 장만해 보겠다고 일요일만 되면 서울 변두리를 이곳저곳 기웃거렸던 일, 임신한 몸으로 힘들게 학교로 출근하던 아내 모습, 술을 마시고 밤늦게 귀가하는 남편을 버스 정류장까지 나와 마중하면서도 한마디 불평이 없던 아내, 집을 조금씩 늘려 가면서 기뻐하던 일들이 마치 어제 일처럼 느껴졌다.

가만히 생각해 보면 나는 가장이란 허울만 쓴 허수아비가 아니었나 싶다. 가장은 가족이라는 울타리를 지키는 믿음직한 파수꾼이 되어야 하지 않는가. 아이들이 모두 성가하고 나면 둘만 남은 오붓한 시간을 보내며, 아내를 위로하는 삶을 살아가고 싶었다.

그러나 아내는 10여 년 전, 영영 돌아오지 못할 곳으로 떠나고 말았다. 가고 나니 결국 그 편지가 평생 주고받은 마지막 편지였다.

홀로서기

2007년 3월 28일, 생명의 기운으로 가득한 봄의 문턱이었다. 그러나 오랜 병고를 이겨 내지 못하고 아내는 다시못 올 먼 길을 떠났다. 언제나 내 곁에 있어 줄 거라고 믿었는데 그만 내 손을 놓아 버린 것이다. 갑자기 온 집 안이 텅 비었다. 안방, 거실, 부엌 어디에도 나를 반겨 주는사람은 없었다.

주위에 자식들이 있긴 하지만, 하루하루 쫓기다시피 살아가는 아이들에게 짐이 되고 싶지 않았다. 한동안 좌절과 고통의 혼돈 속에서 헤매다가 홀로서기로 했다. 그러나 생각과는 달리 만만한 일이라곤 하나도 없었다. 부엌에서 음식을 만들고, 옷가지를 빨아 말린 후 개켜서 옷장에넣고, 음식물 쓰레기가 든 비닐봉지를 들고나가는 등 모든

게 다 내 차지였다. 그중에서도 가장 나를 힘들게 하는 것은 텅 빈 식탁이었다. 마주 앉아 있어야 할 사람이 없는 빈 의자를 보면서 먹는 밥은 밥이 아니라 눈물이었다.

아내가 떠나고 짐을 정리하는데 서랍에서 요리와 가사에 관한 A4용지 아홉 장 분량의 타자지가 나왔다. 아내는 언젠가 혼자 될 나를 위해 메모를 남겼다. 한 자 한 자에 고통과 슬픔이 배어 있는 것 같았다. 자주 먹으면서도 간단하게 요리할 수 있는 음식 하나하나를 나열하고 거기에 들어가는 식재료와 요리 방법을 번호를 매겨 가며 빼곡히 쳐놓았다.

미역국을 끓일 때 재료는 마른 미역 한 대접, 조갯살 또는 소고기 한 공기, 참기름 한 숟갈, 조선간장 두 숟갈을 준비한다. 그다음 프라이팬에 참기름을 두르고 물에 불린 미역과 소고기를 넣고 적당히 볶은 다음 간장과 물을 넣고 끓인다.

그밖에도 무국, 된장국, 계란찜, 소면 등 평소 아내가 자주 해 주던 것들이 정리되어 있었다. 타자지 마지막 장에는 빨래하는 요령도 적혀 있었다.

무늬가 있거나 색깔 있는 빨래는 뒤집어서 빨고, 바지와 점퍼는 지퍼를 채운 다음 뒤집어서 빤다.

그걸 앞에다 놓고 보다 말고 아내가 떠나간 아득한 하늘을 하염없이 쳐다보았다. 언제 그런 걸 나 몰래 준비했단 말인가. 육체적 고통보다 정신적 고통으로 얼마나 괴로워했을까.

다급해진 나에게 아내의 메모는 살 길을 열어 주는 등불 같았다. 메모지를 식탁에 펼쳐 놓고 쉽게 만들 수 있는 음식부터 만들기 시작했다. 그러나 처음 해 보는 음식이 맛이 있을 리 없었다. 하루하루가 요리와의 전쟁이었다.

그러던 중에 친구가 노후 대비 차원에서 요리학원에 다닌다고 했다. 그제야 정신이 든 나는 2015년 10월 서초동 서초문화원에서 하는 3개월짜리 초급 요리실습 과정에 등록했다. 남녀 수강생 열두 명이 모였다. 실습실에는 큰 조리대 두 개가 놓여 있고 개수대와 수도는 따로 설치되어 있었다. 여섯 명이 한 조가 되어, 한 개의 조리대에 세 명씩 마주 서서 음식을 만들었다.

첫날 만든 요리는 '궁중버섯잡채'였다. 재료는 이미 준비

되어 있었다. 소고기, 당면, 느타리버섯, 새송이, 청피망, 홍피망, 표고버섯, 대파 등이었다.

평소에 앞치마를 둘러 본 기억도 없고, 도마를 앞에 놓고 칼을 잡아 본 기억도 없다. 요리를 제대로 해낼 수 있을지 은근히 걱정이 되었다.

일단 앞치마를 둘렀다. 어색하기 그지없었다. 강사가 음식을 만들면서 일일이 설명하면 수강생들이 따라 했다. 여섯 명이 힘을 합하여 한 가지 음식을 만들었다. 새송이 채를 써는 사람, 느타리버섯을 찢는 사람, 그것을 끓는 물에 데치고 난 다음 물기를 꽉 짜내는 사람, 맛소금, 참기름, 후추를 솔솔 뿌려 무치는 사람, 프라이팬에 기름 살짝 두르고 볶는 사람들로 분위기가 어수선했다.

내가 한 일은 겨우 새송이 채를 써는 것뿐이었다. 그렇게 주어진 시간에 음식이 만들어졌다. 음식 만드는 과정을 겅중겅중 뛰어넘은 느낌이 들었다. 어쩐지 내가 만든 음식이라는 생각이 들지 않았다. 먹어 보니 맛도 별로였다. 3개월 과정은 어느새 구렁이 담 넘어가듯 지나갔다.

어느 날 틈을 내어 집에서 두어 가지 음식을 만들어 보기로 했다. 메모지를 옆에 두고 적어 놓은 대로 따라서 해 보았지만, 무엇이 잘못되었는지 맛이 없었다.

한 번 더 요리강습에 도전하기로 했다. 이왕이면 집 근처가 좋을 것 같아 분당 정자동에 있는 분당노인종합복지관을 찾았다. 복지관에서는 마침 남성 노인 식생활 자립 지원 사업으로 요리 과정을 운영하고 있었다. 그러나 이미 신청한 사람이 많았다. 집에 돌아가서 기다리면 연락을 주겠다고 했다. 두어 달 기다렸더니 전화가 왔다.

2016년 8월 복지관에서 운영하는 3개월 과정 '청춘밥상' 4기에 합류했다. 강의와 실습은 복지관이 아닌 다른 곳에서 했다. 복지관에서 위탁한 분당요리제과제빵학원에서 대신 맡아서 했다.

드디어 요리 실습을 하는 날이 돌아왔다. 그곳은 처음 배웠던 곳과는 달랐다. 교실에 나지막하게 칸막이를 친 일인용 조리대가 설치되어 있고, 실습실 입구 책상 위에는 개켜진 앞치마와 조리모가 쌓여 있었다.

한 자리를 잡고 앞치마를 두르고 조리모를 썼다. 조리대 밑에는 큰 그릇이, 위에는 조리도구, 수저, 각종 양념 통이 놓여 있었다. 깨끗이 씻은 식재료가 가지런히 도마 위에서 나를 기다리고 있었다.

이제는 주위에 있는 동료들을 둘러보는 여유도 생겼다. 조리모 사이로 삐져나온 희끗희끗한 머리칼에 주름진 얼굴이 보였다. 서로들 어색한 듯이 웃고 있었지만, 유치원생처럼 설레는 눈빛이 역력했다.

우리와 똑같이 앞치마와 조리모를 쓴 원장 선생님이 말했다.

"오늘 만들 요리는 오징어무침입니다."

원장이 시범을 보이는 대로 정신없이 따라 했다. 먼저 오징어 껍질은 굵은 소금을 뿌려 벗겼다. 끓는 물에 살짝 데친 후 바로 찬물에 헹구니 오징어 색깔이 빨개졌다. 데친 오징어 물은 버리고 오징어는 채를 썰고, 무와 배도 채를 썰고, 풋고추와 홍고추는 어슷하게 썰고, 미나리는 3센티미터 길이로 썰었다. 준비된 재료를 양재기에 담고 초고추장에 버무리면서 깨와 참기름을 넣었다. 기호에 따라 설탕과 식초를 조금 넣고 소금으로 간을 했다. 서투른 솜씨로 요리하다 보니, 채 썬 모양이 들쭉날쭉하고 소금을 많이 쳐서 쓴 맛이 나긴 했지만 드디어 나만의 오징어무침이 완성되었다.

원장 선생님이 만들어 놓은 오징어무침을 보았다. 하얀

접시 위에 살짝 내려앉은 듯 볼그스레한 오징어무침이 맛깔스럽게 보였다. 무쳐 놓은 음식이 마치 살아 있는 것 같았다. 장인의 솜씨가 어떤 것인지 말해 주고 있었다.

그런데 내가 만든 것은 빛깔도 빛깔이려니와 양념장이 하얀 접시 이곳저곳에 묻어 지저분했다. 맛은 고사하고 보기만 해도 실패한 작품이었다. 그렇지만 그 요리는 처음부터 끝까지 내 손으로 만든 생애 첫 번째 요리였다. 부끄럽지만 한편으로는 대견하다는 생각이 들었다.

'첫술에 배부르랴.'

생각날 때마다 만들어 보고 정성을 다하다 보면 언젠가 그럴듯한 요리를 만들어 낼 수 있을 것이다.

요리가 끝나고 식사 시간이었다. 선생님이 말했다.

"제가 만든 음식부터 맛을 보세요."

그러나 나는 젓가락이 얼른 나가지 않았다. 음식이 아니라 공들여 만든 작품을 보는 듯했다. 보고만 있어도 배가 부른 것만 같았다. 요리는 역시 맛이 있어야 하지만 보는 즐거움도 있어야 한다. 선생님의 요리는 일품이었다. 내가 만든 것과 선생님의 음식을 비교해 보니 학습 효과가 배가되는 것 같았다.

시식이 끝나면 사용한 그릇과 도마를 깨끗이 씻어 제자리에 놓고, 개수대 거름망에 있는 음식물 찌꺼기를 비우고 앞치마와 조리모를 제자리에 정돈하는 것으로 실습이 끝났다.

남들은 가지고 온 그릇에 자신이 만든 음식을 담아 갔다. 가족 앞에 내놓고 자랑을 하면서 함께 먹었을 것이다. 하지만 나는 자랑을 늘어놓고 싶어도 그럴 사람이 없었다. 맛이 좀 덜해도 "맛있다, 수고했다"면서 함께 먹어 줄 사람이 없었다.

지난 무수한 날 부엌을 드나들면서도 아내가 요리하는 것을 눈여겨본 적이 없었다. 그리고 애써 만들어 놓은 반찬을 맛있다는 칭찬 한마디 없이 그냥 먹기만 한 것이 후회스럽다. 평생 음식을 만들면서도 힘들다는 내색 한 번 안 한 아내가 새삼 고맙기 그지없다.

남자는 돈을 벌어 오고 여자는 가사家事만 돌보던 시대에는 부엌일은 여자 몫이었다. 그러나 남녀 구별 없이 직업을 가지는 시대에는 남자도 부엌일을 도와야 하는 것이 옳은 것 같다. 그런데 나는 그러지 못했다.

일인 가족이 늘어나는 지금에 와서 보면, 미리미리 가

사를 챙겨 온 사람이 현명하다는 생각이 든다. 지금 노인 세대는 가사를 생소하게 생각하는 마지막 세대일지 모른다. 그래서 혼자 되면 남자가 힘들어지게 마련이다. 나도 그 세대에 속해서 어쩔 수 없이 힘든 시간을 보내고 있다.

요리학원을 거쳤고 아내의 메모지를 뒤적이면서 실패를 거듭한 끝에, 이제는 식생활에 기본적인 된장찌개, 미역국, 김치찌개 등 몇 가지 요리를 만들 수 있게 되었다. 요리에 대한 두려움도 어느 정도 사라졌다.

식탁 위에 아내의 메모지를 펼쳤다. 세월 따라 종이가 누렇게 바랬다. 어디선가 아내가 그런 나의 모습을 보고 있다면 무슨 생각을 할까? 어설픈 내 칼질을 보면 불안해할지도 모른다. 간장을 너무 많이 넣는 것을 보면 적게 넣으라고 말할 테지만, 내 귀에는 들리지 않으니 얼마나 속이 탈까? 이런저런 생각을 하다 보면 아내가 내 옆에 서 있는 것 같은 느낌이 들 때도 있다. 아내가 이제는 염려를 내려놓았으면 좋겠다.

메모지의 부축을 받으며 한 사람이 일어서고 있으니까.

안골 마을의 하얀 집

　방배동 경남아파트에 세 식구가 살 때였다. 나는 아무도 모르는 나만의 숙제를 안고 있었다. 건강 검진 결과 간경변증 진단을 받은 아내의 건강을 회복시키기 위해서는 아파트 생활보다는 전원생활이 도움이 될 것이라 생각했다.

　그래서 아내와 나는 틈만 나면 서울 근교의 전원주택을 돌아보았다. 그러길 삼 년 정도 하고 나니 주택을 보는 눈이 생기기 시작했다. 퇴직을 하고 나면 실행에 옮겨 보리라 마음먹었다.

　내가 살던 아파트 바로 앞에는 우면산이 있다. 관악산에서 뻗어 나왔는데도 바위산인 관악산과는 달리 흙산이다. 나지막하게 동서로 길게 뻗어 있다. 힘들이지 않고 오를 수 있어 나는 그 산에 자주 다녔다.

그러던 어느 날 산등성이에 오른 나는 그 산 너머가 궁금했다. 아내와 함께 그곳을 가보았다. 남태령을 넘어 가보기도 했고, 양재동으로 돌아가 보기도 했다. 흉내만 낸 듯한 얕은 골마다 어김없이 작은 동네가 들어앉아 있었다. 우면산 남쪽 기슭 절반은 과천시, 나머지 절반은 서울 지역이다. 몇 번을 들락거린 끝에 좀 크기는 해도 한눈에 쏙 드는 집을 샀다.

그때가 2003년 5월이었다. 서울과 과천시 경계에 접해 있는 과천시 '안골'이라는 동네에 있는 남향받이 집이었다. 도로에서 작은 산모롱이를 돌아가면 초승달 모양으로 휘어진 산자락을 따라 10여 호 남짓한 구옥들이 나란히 들어서 있다. 집들 대부분이 짙은 갈색 맞배지붕이었는데 내가 산 집은 연한 황토색 기와를 얹어 따뜻한 느낌이 들었다. 강남이 지척이라 교통이 편리하고 뒤로는 산이어서 지쳤던 기운이 맑은 공기에 되살아나는 듯했다.

대문 바로 안에는 고목 백일홍이 가지마다 발갛게 꽃을 피웠다. 예닐곱 개 돌계단을 오르면 잔디 깔린 마당이 있었다. 골목에서 2~3미터 높여 지은 집이라 앞이 탁 트여 멀리 청계산이 한눈에 들어왔다. 185평 대지에 미니 2층

집. 마당에는 여러 그루 소나무와 철쭉이 자라고 있었다. 1층 방 둘에, 2층 방은 천장이 경사를 이루어 창문 쪽이 막내 머리에 닿을락말락했고, 지하실 방이 너무 깊어 습한 기운이 도는 느낌이 들었다.

살다 보니 여기저기 손보아야 할 데가 나타나기 시작했다. 2층 천장과 1층 벽에 누수 현상이 있어 수리만으로는 해결이 되지 않을 것 같았다. 걱정을 안고 사는 것보다 새 집을 지어 보고 싶다는 생각이 들었다. 아내와 상의한 끝에 집을 헐고 새로 짓기로 했다. 꿈에 부풀어 고행길이 시작되는 것도 몰랐다.

그동안 모아 둔 전원주택 스크랩북과 사진들을 펼쳐 놓고 어떤 집을 지을지 마음속으로 그려보았다. 산 밑이라 습기가 많은 듯하여 지하실은 없애고 제대로 된 현대식 2층 남향집을 짓기로 했다. 기존 주택을 철거하고 그해 12월에 철근 골조 공사를 끝냈다. 이듬해 봄에 공사를 재개하여 완공하고 8월에 입주했다.

철근 콘크리트 2층 슬래브 건물로 외벽은 하얀 포천석 버너구이로 둘렀다. 건평 45평에 연건평 79평. 1층은 방 둘에 거실과 부엌, 화장실, 드레스 룸을, 거실 앞으로는 테라스를 만들어 마당과 연결되게 했다. 부엌문을 열고 뒤로 나가면 보일러실 겸 다용도실이 있고 거실과 부엌 사이에 중문을 달아 구분지었다.

2층에도 방 둘에 거실, 서재 그리고 화장실, 2층 전면에 길게 베란다를 달아내어 청계산을 끌어들였다. 1층과 2층 사이 꺾어진 계단과 옥상으로 오르는 계단에는 화강석을 깔았다. 옥상에 오르면 하늘이 통째로 안겨 왔다. 그 절반에 태양광 전지판을 설치하여 전기료를 절약했다.

대문에서 현관문을 오르는 경사면에는 십여 개의 계단을 만들고 철도용 침목을 깔았다. 지하 주차장은 차량 두 대 주차에 자동문을 달았다. 주차장 위가 바로 잔디를 깐 마당으로 이어졌다. 옆으로 길게 휘어진 소나무를 현관문으로 오르는 계단 위를 향하도록 심었더니 제격이었다.

안방 앞에 작은 화단을 만들고 키 작은 소나무와 장미 그리고 감나무 한 그루를 심었다. 집을 짓기 전, 어느 화원에서 열매를 보고 점찍어 둔 나무였다. 키는 작지만 주먹만 한 감을 주렁주렁 매달았다. 마치 고향집 앞마당에 있던 감나무가 돌아온 듯했다. 그 먹음직스러운 감을 두고 산까치가 그냥 지나칠 수 없었을 것이다. 해마다 감이 익을 무렵이면 무리지어 날아들었다. 자연과의 공존이 바로 그런 것이 아닐까.

마당에는 잔디를 깔고 담장을 따라 군데군데 개나리와 장미를 심었다. 거실 가까운 쪽으로 아내가 좋아하는 수선화 꽃밭을 만들어 테라스에 나서면 먼저 눈에 들어오게 했다. 마당 한쪽 귀퉁이에 네다섯 평 채소밭도 만들었다. 그렇게 우리 가족이 살아갈 집이 완성되었다. 작고 아담한 집을 원했는데 생각 외로 큰 집이 들어섰다. 생전 처음 은행 대출도 받았고 아내의 비밀 통장까지 동원했다.

마당에서 일하다 거실을 보면 통유리 창에 하늘의 구름이 내려앉았고 소나무 가지도 비쳐 거실이 온데간데없이 사라졌다. 봄이면 복수초가 먼저 꽃을 피우고, 뒤이어 수선화 꽃대가 땅을 헤집고 올라오는가 하면, 개나리와 진달래, 철쭉이 연달아 꽃을 피웠다. 가을이면 금잔화와 쑥부쟁이가 가는 해를 아쉬워하며 정원을 지켰다. 돌아가며 피는 꽃들로 사계절이 마당 안으로 들어왔다.

그러던 어느 날 아침, 거실 앞 테라스에 나와 보니 새 한 마리가 널브러져 있었다. 혹시 길고양이의 습격을 받은 것인가 여겼다. 며칠 후 거실에 앉아 있는데 창문을 툭 치는 소리가 나서 나가 보니 새 한 마리가 퍼덕거리다 날아갔다. 지난번 마당에서 바라보았던 통 유리창에 비친 하늘과 소나무 가지가 퍼뜩 떠올랐다. 눈이 밝은 새도 더러는 실수를 하는 모양이었다. 안타까운 일이었다. 커튼을 치면 경치를 놓치지만, 안 그러면 죽음을 불러들이는 일이어서 유리창에 롤스크린을 달았다.

조용하기만 하던 동네에 덤프트럭이 들락거리며 소음과 먼지가 나도 이웃들은 불평은커녕 여러 모로 조언까지 해주었다. 집이 완성될 때까지 정원수 20여 그루를 가식해야 했을 때 선뜻 채전을 내준 할아버지도 있었다. 아파트에서의 단절된 생활을 벗어나 사람 냄새 나는 곳에서 살게 되어 생기를 되찾은 듯했다.

갈색 지붕 일색인 동네에 하얀 2층 슬래브 건물은 멀리서 보아도 한눈에 띄었다. 그래서인지 어느 날 낯선 손님들이 찾아왔다. 드라마 제작을 하고 싶으니 한 열흘 집을 빌려줄 수 없겠느냐고 했다. 애써 지은 집이 훼손될 수도 있다는 생각이 들어 완곡하게 거절했다.

그럭저럭 모든 것이 안정을 찾자 아내와 나는 뒷산에 올라 맑은 공기를 마시며 체력을 단련하기도 하고, 자드락

밭에서 봄나물을 캐며 한가로운 생활을 이어갔다. 그러는 사이 아내의 병이 자연스럽게 치유되기를 바랐는데, 이사 온 지 몇 년을 버티지 못하고 아내는 우리 곁을 떠나고 말았다. 손바닥만 한 채전에 나가 소쿠리에 상추랑 쑥갓을 뜯으며 흡족해하던 아내, 이제는 비밀이 아닌 이자가 붙은 통장을 손에 쥐지도 못한 채···. 언젠가는 오리라 짐작했지만 그렇게 빨리 이별이 올 줄 몰랐다. 집 안 가득하던 온기가 사라지니 집에 관한 애착도 사그라지기 시작했다.

맏이인 딸은 오래전 결혼해서 집을 떠났고, 맏아들은 공부를 계속하느라 미국에 살고 있었다. 넓은 집 1층에는 나, 2층에는 막내, 단 둘이 거처하는 집은 썰렁했다. 주인이 아닌 객으로 느껴졌다. 집을 지으면서 힘든 일도 많았지만 즐거운 일도 많았다. 둘이서 함께한 시간을 몰래 거두고 발길을 돌렸다.

한때나마 우리 가족의 따뜻한 보금자리였던 안골 마을 하얀 집.

부모님 생각

80년대는 자동차 운전면허 취득이 붐을 이루던 때였다. 면허 취득을 하자마자 나는 소형 승용차를 구입했다. 시끄럽고 흔들거리는 만원 버스에 시달리던 악몽에서 벗어나고 싶은 마음도 있었지만, 여름휴가 때 가고 싶은 곳에 가서 가족과 함께 즐기고 싶은 마음이 앞섰다.

요즘과는 달리 그때만 해도 직장인들은 너나없이 연차 휴가를 한여름에 몰아서 사용했다. 그래서인지 해변이나 계곡에는 바캉스족들이 늘어나기 시작했다.

휴가철이 다가오자 나는 고민에 빠졌다. 아이가 셋이나 딸린 가장으로 당연히 아이들을 데리고 휴가를 보내고 싶었지만, 오 형제 맏이인 나에게는 연로하신 보모님이 계셨다. 오직 자식만을 바라보며 묵묵히 농사를 지으시던 부모님이 바깥세상을 만나는 기회라고는 문중 일이 있거나 장을 보러 가는 때가 고작이었다. 아내와 상의한 끝에 부모님을 모시기로 했다. 아이들의 새까만 눈동자가 눈에 밟혔지만 어쩔 수가 없었다.

아내도 나도 말은 안 했지만 혼자 된 장모님을 함께 모시고 싶었다. 그러나 에어컨이 없는 4인승 승용차에 장거리 여행인데다 한여름의 더위를 떠올리고는 생각을 접었다. 아이들은 먼 친척 할머니에게 부탁했다. 마침 처갓집이 한동네에 있었다. 장모님과 외삼촌 내외분이 애쓰실 것이 뻔했다. 그래도 눈을 질끈 감았다.

서둘러 아침을 먹고 먼 길을 달려 영천 고향집에 도착하니 점심때가 되었다. 식사를 마치자 어머니 아버지를 모시고 바로 여행길에 올랐다. 목표는 영월 청령포와 장릉이었다. 어머니의 표정이 많이 설레는 것 같았다. 목적지를 청령포로 정한 것은 어머니의 뜻에 따른 것이었다. 그러니까 어머니는 글로만 읽던 단종의 비사를 눈으로 확인하고 싶었으리라.

크고 작은 고개를 수도 없이 넘고 나니 산그늘이 내렸고, 우리는 길가 어느 조그마한 여관에 여장을 풀고 고단한 몸을 뉘었다. 내비게이션이 없었지만 거리에 다니는 사람들 모두가 지도책이어서 초행길이었는데도 큰 어려움이 없었다.

다음 날 물어물어 단종이 귀양살이하던 청령포에 도착했다. 좁고 짙푸른 강물이 말없이 길손을 맞았다. 어린 임금의 고통과 한이 녹아들어 있는 듯했다. 선착장에서 나룻배로 강을 건넜다. 하얀 자갈이 깔린 강변 저쪽 소나무 숲 사이로 빼쭉이 내민 기와지붕이 보였다. 단종이 귀양살이하던 곳이었다.

삼면이 강으로 둘러싸여 있고, 뒤로는 험준한 산과 깎아지른 듯한 절벽이 가로막고 있어 육지 속의 섬이나 마찬가지였다.

단종이 기거하던 방은 생각 외로 작고 초라했다. 어머니의 눈빛이 달라지더니 탄식 소리가 들렸다. 마당을 둘러보고, 방과 문지방에서 눈을 뗄 줄 몰랐다.

책 속에서 상상으로만 그려보던 곳이 눈앞에 현실로 펼쳐진 것이었다. 어머니는 오백여 년 전의 아득한 세월 속으로 빨려 들어가는 듯했다. 문종이 승하하고 출생하자마자 생모마저 잃은 고립무원의 어린 임금은 얼마나 외롭고 무서웠을까. 임금이 마음대로 할 수 있는 것이라고는 한양 구중궁궐을 향해 부모를 부르며 눈물 흘리는 일뿐이었을 것이다.

임금이 거처했던 방과 문지방, 기왓장 하나하나를 영상으로 찍듯 다 담고 나서야 어머니는 발길을 돌렸다. 걸음을 옮기면서도 뒤돌아보고 또 돌아보았다. 단종의 기구한 운명에 몹시 가슴 아파했다.

문득 옛 시절이 생각났다. 겨울철에 접어들면 저녁 식사를 마친 이웃 아주머니들이 우리 집으로 몰려들었다. 호롱불을 가운데 두고 빙 둘러앉은 안방은 그분들 차지였다. 한양가 가사집을 펼쳐든 어머니는 고저장단을 넘나들며 가사를 읊기 시작했다. 사방이 고요한 밤, 어머니의 낭랑한 목소리가 달빛을 타고 흘렀다.

슬푸다 친구님닉 가사 드러 보실나요
무삼 가사 지엇난고 한양가를 지엇나니
이 가사 보와시면 한양사직 자시 아라
오빅 연 지닌 사직 흥망성쇠 여기 잇고…

두문동 72현, 포은 정몽주와 선죽교를 거쳐 단종 유배지 청령포에 들어서면 여기저기서 탄성이 터졌다. 그렇게 긴긴 겨울밤은 깊어만 갔다.

다음 행선지는 그곳에서 그리 멀지 않는 장릉이었다. 장릉은 좁은 능선에 덩그렇게 자리잡고 있었다. 평평하고 아늑한 곳을 다 제쳐 두고 하필이면 그런 옹색한 곳을 택했을까. 권좌에서 밀려난 임금의 초라한 모습을 보는 것 같아 다시 가슴이 아팠다. 아버지와 내가 봉분 앞을 서성이고 있는 동안 어머니는 멀찌감치 떨어져, 장릉에 묻힌 아픈 역사를 한 번 더 더듬어 보았으리라.

이렇게 우리 부부는 3년을 두고, 부모님을 모시고 통일전망대로 양산 통도사로 아랑 낭자의 슬픈 전설을 간직한 밀양 영남루와 무주 구천동을 두루 돌아보았다. 서울을 떠날 때 과일을 깎다가 손을 베고도 아무 내색을 하지 않고 곁에서 힘이 되어 주었던 아내가 있었기에 달리고 또 달렸다. 속으로 혼자된 자신의 어머니를 얼마나 모시고 싶었을까 생각하면 미안한 마음을 누를 길이 없다.

그 후 팔순을 바라보던 부모님은 점점 쇠약해져 갔고,

끝내 어머니는 중풍으로 쓰러지셨다. 아이들과 직장 사이에서 내가 이러지도 저러지도 못하고 머뭇거리는 사이, 가까이 살고 있던 동생들이 애를 많이 썼고, 아버지의 간절한 간병에도 끝내 어머니가 세상을 하직하자, 몇 해를 넘기지 못하고 아버지마저 뒤따라 가셨다. 부모님의 말년을 따뜻하게 살펴드리지 못한 것이 한이 되어 가슴에 옹이로 박혔다.

효도에도 때가 있다는 사실을 깨달았을 때는 이미 때를 놓친 뒤였다. 불효자에게 할 말이 태산같이 많았을 터인데도 아버지 어머니는 한마디도 남기지 않았다.

《한시외전韓詩外傳》에 이런 말이 있다.

나무는 조용히 있고자 하나 바람이 그치지 않고,
자식이 부모를 봉양하고자 하나 부모는 기다리지 않는다.
지나가면 따라잡을 수 없는 것이 세월이요
돌아가시고 나면 다시는 뵙지 못하는 것이 어버이시라.

아버지와 어머니는 고향 선산에 모셨다. 지은 죄를 감당하기 어려워 두 분 다 사십구재를 서울에서 지냈다. 우면

산 예술의전당 뒤편에 있는 대성사가 바로 그 절이다. 매년 사월초파일에 절을 찾아가지만, 평시에도 부모님 생각이 나고 마음이 울적하면 그 절을 찾아 나선다. 부처님 앞에서 부모님에 대한 불효를 하나하나 꺼내들고 용서를 빌면 마음이라도 가벼워질까 하고.

　가랑비 촉촉이 내리던 어느 가을, 나는 나도 모르게 우면산을 오르고 있었다.

부모님 산소 사토莎土하던 날

　고향에 살고 있는 둘째 동생한테서 연락이 왔다. 선산에 모신 아버지 유택의 봉분이 앞으로 많이 쏠렸다고 한다. 벌초하러 갈 때마다 조금씩 기울어 있어 한번 날을 잡아 봉분을 낮추고 뗏장을 새로 입히려 생각하고 있던 참이었다.

　형제들과 상의한 끝에 한식날 사토하기로 약속했다. 그전날 동생 집에서 하룻밤 자고 다음 날 산소로 갔다. 비가 내릴 거라던 일기예보와는 달리 구름만 조금 끼어 다행이었다.

　선산은 고향 마을 뒷산을 살짝 돌아가 있다. 나지막하고 경사가 완만하여 언제 가도 편안하게 느껴지는 산이다. 그곳에는 키 작은 소나무가 빽빽하게 우거져 있다. 인적이

뜯해서 지워진 듯한 산길을 더듬어 올라가다 보면 소나무와 억새 사이로 진달래가 여기저기 무리지어 반겼다.

부모님 산소는 산 밑에서 100여 미터 올라간 8부 능선에 있다. 앞이 훤히 트여 멀리 있는 산이 가물가물 보인다. 산소에 도착하여 둘러보니 먼저 쓴 어머니 산소는 그대로인데, 아버지 산소는 동생 말대로 봉분이 앞으로 많이 쏠려 있었다. 산소 주변에 꽤 많이 심어 놓은 진달래도 몇 그루만 듬성듬성 남아 있었다.

네 형제가 도착한 지 얼마 되지 않아, 약속한 인부들이 리어카에 뗏장을 싣고 앞에서 끌고 뒤에서 밀며 올라왔다. 뗏장을 싣고 온 작은 화물차는 산 아래 주차해 두었다고 했다. 그 많은 뗏장을 다 옮기자면 해가 기울 것 같아 형제들이 나서서 거들기로 했다.

화물차에 가보니 뗏장이 5장씩 비닐 끈으로 묶여 있었다. 한 손에 한 묶음씩 들고 산을 오르기 시작했다. 마음 같아서는 단숨에 오를 수 있을 것 같은데 그게 아니었다. 중간에 두서너 번 쉬어야만 오를 수 있었다. 그러길 여러 번 하고 나니 입에서 단내가 나고 다리가 후들거려 결국 주저앉고 말았다. 그런데 동생들은 한 손에 두 묶음씩을 들고 쉬지도 않고 날랐다. 세월 앞에 장사 없다는 말이 실감났다.

뜻밖의 응원군을 만난 일꾼들은 신이 나서 작업에 힘을 쏟았다. 아래로 처진 봉분의 흙을 깎아내리고 뗏장을 새로 입혔다. 기울어진 상석도 바로잡았다. 그러고 나니 마음이 놓였다.

어머니는 생전에 꽃을 무척 좋아하셨다. 오 형제 뒷바라지를 혼자 감당하느라 오직 한 곳만 바라보고 살아온 분이었다. 5월 장독대 옆에 모란이 피면 바쁜 걸음 중에도 꽃에 눈길을 주셨다. 그것을 기억하는 셋째 동생이 어머니 산소 주위에 진달래 여러 그루를 심었다. 그 진달래가 해를 거듭하면서 한 그루씩 사라지더니 듬성듬성 남아 있었다. 이를 안타깝게 여긴 막냇동생이 진달래를 가지고 와 빈자리를 채웠다.

그걸 보고 있노라니 셋째 동생 생각이 났다. 동생은 맞은편 산등성이에 홀로 잠들어 있다. 형제들이 만나는 날이면 집안이 온통 들썩들썩했다. 큰 소리로 웃느라 말을 잇지 못하던 동생이었다. 언제나 환하게 웃던 그 얼굴이 떠올라 나도 모르게 눈물을 훔쳤다.

누가 나서서 이래라저래라 할 것도 없이 알아서 일한 덕택에 일이 순조롭게 진행되었고, 점심시간을 훌쩍 넘겨서 끝이 났다.

부모님의 묘소는 반듯하게 다시 태어났다. 형제들이 만들어 드린 새 유택. 부모님이 보고 싶었다. 촘촘하게 입힌 잔디, 그리고 바로 앞에 활짝 핀 진달래가 어우러져 한 폭의 그림이 되었다. 우리 정성이 지극했으니 진달래는 뿌리를 잘 내려 돌아오는 계절에도 아름다운 꽃을 활짝 피워 줄 것이다. 깊어가는 봄날 진달래꽃을 즐기면서 또 한 생을 편안하게 살아주시리라 믿는다.

시장기가 돌긴 했지만 동생의 무덤으로 갔다. 산등성이에 자리잡은 동생은 탁 트인 하늘을 바라보며 잠들어 있다. 잡풀도 솎아내고 주변의 나뭇가지도 잘라냈더니 훤해졌다.

휴대용 돗자리 위에 가지고 온 김밥 보자기를 펼쳤다. 속이 꽉 찬 시골 김밥은 먹음직스러웠다. 오랜만에 형제들이 같이 먹으니 맛도 있고 마음까지도 푸근했다.

불현듯 옛 생각이 떠올랐다. 여름이면 마당에 멍석을 깔고 모깃불을 피워 놓고 이야기를 나누며 어머니가 만들어 주신 칼국수를 맛있게 먹던 일, 배가 부르면 그대로 멍석에 누워 밤하늘에 반짝이는 별을 세다가 꿈속을 헤매던 일, 가을이면 마당에 쌓아 놓은 노적가리에 기어올라 축 늘어진 감나무 가지를 휘어잡고 홍시를 따먹던 일이 생각났다.

어쩌면 봉분이 기운 것은 아버지가 일부러 그런 것인지도 모른다는 생각이 들었다. 각지에 흩어져 사는 자식들을 한자리에 모아놓고 별 탈 없이 잘 살아가는 모습을 보고 싶으셨던 것인지도 모른다. 덕분에 형제간 우애가 더욱 단단해진 하루였다.

얼굴에서 세월의 흔적은 지울 수가 없지만, 땅속을 흐르는 물과 같이 변함없는 형제간 우애를 지켜보신 부모님은 흡족해하였을 것이다.

부모님 산소에 갈 때면 언제나 고향집에 들른 듯 마음이 편안해지는데, 먼저 간 동생 생각이 나면 눈물이 난다.

온 가족이 함께 떠난 태국 여행

칠순이 넘은 아비가 무료하게 보였던지 딸애한테서 전화가 왔다. 온 가족이 4박5일 태국 여행을 다녀오자고 했다. 찜통더위가 기승을 부리던 2012년 7월 28일, 딸 내외와 외손녀 둘, 큰아들, 작은아들 내외 모두 여덟 명이 인천발 방콕행 비행기에 올랐다. 다섯 시간이 지나 지루하다는 느낌이 들 때쯤 비행기는 태국 방콕 공항에 도착했다.

방콕은 해발 2미터의 평야 지대인데다 시가지 중심부로 차오프라야 강이 흐르고 있어 우기가 되면 강이 수시로 범람하는데, 지난해는 시가지 대부분이 물에 잠기는 큰 피해를 입었다고 한다. 그래서인지 고가도로가 잘 발달되어 있다. 사방을 둘러보아도 산이라고는 보이지 않는 도시, 하루에도 한두 번 비가 오지만 금방 그친다고 한다.

공항에 도착할 때 내리던 비가 공항을 빠져나오니 그쳤다. 하얀 구름 사이로 파란 하늘이 언제 그랬느냐는 듯이 얼굴을 내밀고 있었다.

방콕 1박 후, 이른 아침 그곳의 명소인 수상가옥이 있는 선착장에서 배를 탔다. 황톳빛 강물을 따라 거슬러 오르면서 새벽 사원(왓 아룬), 왕궁, 에메랄드 사원(왓 프라깨오)의 위용을 먼발치에서 구경하고 다음 행선지인 파타야로 갔다. 그곳은 그림으로만 보았던 해양 스포츠 패러세일링(parasailing)을 체험할 수 있는 곳이었다.

해변에서 멀리 떨어진 바다 한가운데 바지선이 고정되어 있었다. 사람들의 발길에 닳아빠진 바지선 위에 여행객들이 줄을 서서 기다리고 있었다. 낙하산 안전요원 둘이 양쪽에 서서 기계처럼 그들을 하늘로 실어 보내고 내리고를 반복했다. 두 개의 줄이 달린 낙하산에는 널빤지가 고정되어 있어 사람이 앉을 수 있게 되어 있었다.

가이드의 안내에 따라 구명조끼를 입고 줄을 서서 기다렸다. 낙하산이 도착하면 널빤지에 앉은 다음 두 손으로 낙하산 줄을 꼭 잡고 모터보트가 움직이기 시작하면 앞으로 내달리라고 했다.

딸 내외, 아들 그리고 두 손녀가 먼저 타고 내렸다. 내 차례가 왔다. 널빤지에 앉으니 좀 불편했지만 두 손으로 낙하산 줄을 꼭 잡았다. 모터보트가 굉음을 내며 움직이기 시작하자 두 발로 앞으로 내달렸다. 순식간에 몸이 하늘 높이 떠올랐다. 저 멀리 해변이 까마득하게 내려다보였다. 가슴이 뻥 뚫리는 듯했다. 바지선 주위를 크게 원을 그리듯 한 바퀴 돌고 내려왔다.

다음은 넉 달 전에 새 식구가 된 며느리 차례였다. 아담한 몸매에 마음씨가 곱고 여려 염려스러웠지만 순조롭게 출발했다. 그런데 착륙시간이 지나도 돌아오지 않았다. 하늘을 올려다보았지만 떠돌고 있는 낙하산 중에 어느 것이 며느리가 탄 것인지 알 길이 없었다. 어찌할 바를 몰라 허둥대던 중에 멀리 며느리의 모습이 보이더니 천천히 안착했다. 그새 두 바퀴를 돈 것이었다. 겁을 잔뜩 먹었는지 입술은 파랗고 사색이 다 되었다. 가슴이 철렁 내려앉았다. 애써 진정하더니 한참 후에야 웃는 모습을 보였다, 그제야 나도 가슴을 쓸어내릴 수가 있었다.

'하필이면 며늘아기만 두 바퀴를 돌았을까?'

태국 사람들은 살결이 희면 일단 미인이라고 생각한다

는 가이드의 말이 생각났다. 그렇다면 미인을 골리려고 괜한 장난을 했단 말인가. 순간 화가 치밀어 야단이라도 치고 싶었지만 그럴 수는 없었다.

그 와중에 초등학교 6학년인 막내 손녀가 내게로 다가와 말했다.

"할아버지 한 바퀴 더 타고 싶어요."

의외였다. 괜찮겠느냐고 했더니 문제없다고 했다. 걱정이 되긴 했지만 허락했다. 가이드에게 20불을 건넸다. 손녀는 능숙하게 낙하산을 타고 하늘 높이 솟아올랐다. 뒷모습을 따라가 보니 늘어뜨린 두 다리가 새끼손가락만 하게 보였다. 연약한 여자 아이의 가슴속에 저만한 담력이 숨어 있으리라고는 미처 생각지 못했다. 그 후 내 눈에는 손녀가 더는 어린 아이로 보이지 않았다. 어느새 세상과 당당하게 맞설 수 있는 큰 아이로 성장해 있었다. 여자라고 다 연약한 존재가 아니라, 다만 약하게 보일 뿐이라는 사실을 손녀가 몸으로 보여 주었다.

패러세일링이 끝나자 바로 씨워킹(Sea Walking)이 기다리고 있었다. 딸 내외와 아들, 며느리 그리고 두 손녀가 차례로 에어 서플라이 헬멧을 착용하고 바닷속으로 들어갔다. 나도 헬멧을 착용하고 그 뒤를 따라 들어갔다. 바닷속에 들어가긴 했는데, 갑자기 귀가 먹먹하더니 통증이 왔다. 매우 고통스러웠다. 함께 잠수한 안전요원에게 손가락으로 신호를 보내어 그의 도움으로 물 위로 올라와 헬멧을 벗었다. 그제야 살 것 같았다.

눈치를 챈 안전요원이 숨을 내쉰 다음 헬멧을 착용하라는 시늉을 했다. 그때서야 가이드가 한 말이 생각났다. 숨을 내쉰 다음 헬멧을 착용하고 다시 물속으로 들어갔더니 편안해졌다. 바닷속은 생각했던 것과는 판이하게 달랐다. 짙은 안개 속과 다름없었다. 모랫바닥도 물고기도 흐릿하게 어른거려서 제대로 본 것이라곤 없었다. 맑은 물속에서 열대어, 산호와의 짜릿한 만남을 기대했던 꿈이 깨져버렸다. 씨워킹이 끝난 후 손녀에게 물어보았다.

"헬멧 착용이 불편하지는 않더냐?"

"편안했지만 고기는 그림자만 보았어요."

'그래, 나 혼자만 실수를 했구나.'

다 같이 가이드의 설명을 들었는데도 나만 건성으로 들은 것이었다. 아이들을 보호해 주어야 할 내가 어느새 보호를 받아야 할 사람이 되었다.

문득 지난날이 떠올랐다. 딸아이가 서문 여·중고를 다닐 때 늦는 날이면 언제나 학교 교문 앞을 서성거렸고, 아들 손을 잡고는 유치원을 드나들었고, 아장아장 걸음마를 시작하던 손녀 손을 잡고는 탄천둑 개나리를 구경하던 때가 엊그제 같다. 어느새 가정을 이루더니 아비를 구경시키겠다면서 이 먼 곳까지 왔다. 여행하는 동안 내내 아이들은 서로를 배려하였고, 내 주위를 떠나지 않았다. 자식을 키워 놓은 보람이 이런 것이지 싶다.

때때로 뿌려 주는 비, 구름과 파란 하늘이 적당하게 어우러지고, 천연자원이 풍부하여 먹을 걱정을 안 해도 되는 나라. 게다가 관광 자원까지 한몫 단단히 하고 있는 나라가 태국이다.

그곳 여행은 나에게는 잊을 수 없는 여행이었다. 가족을 보호해 준다고 생각했던 일이, 이제는 도리어 보호를 받아야 할 나이가 되었음을 깨닫게 해 준 여행이었다.

백령도의 숨바꼭질

 우리나라 최북단에 있는 백령도에 가려면 멀고 험한 뱃길을 건너야 한다. 게다가 북한이 눈엣가시처럼 여기는 곳이라 여행지로 선뜻 내키지 않을 수도 있는 곳이다.

 그러나 코앞에 적을 두고서도 꿋꿋하게 삶을 이어가는 백령도 사람들이 보고 싶었고, 그곳에서 나라를 지키고 있는 군인들도 보고 싶었다. 한번은 다녀와야겠다고 벼르던 중, 용기를 내어 친구들과 함께 그 섬을 찾았다.

 힘들고 긴 여정 끝에 백령도 용기포 선착장에 도착했다. 생각과는 달리 사람들로 붐볐다. 휴가를 가거나 귀대하는 장병들, 면회 온 듯한 부모형제, 애인 그리고 여행객들로 부두가 소란스러웠다.

 군부대 위문을 마치고 나지막한 산을 올라 전망대로

향했다. 전망대 앞에 서니 바다 건너 병풍처럼 펼쳐진 옹진반도가 가물가물 빛바랜 수묵화로 다가왔다. 그곳까지 거리는 약 17킬로미터. 맑은 날은 육안으로 또렷하게 볼 수 있다고 한다. 바다를 사이에 두고 한민족이 반세기가 훌쩍 넘도록 서로 총부리를 겨누고 있는 현장이다. 살얼음을 밟듯 팽팽한 긴장감이 흘러 발걸음마저 조심스러웠다.

백령도와 장산곶 사이의 바다는 어느 바다보다 더 짙푸르게 보였다. 심청전에 나오는 인당수가 있는 곳이라 했다. 그곳은 유독 물살이 빨라 어부들이 많이 죽기 때문에, 산 사람을 제물로 바쳤다는 안타까운 설화가 유래된 곳이다. 백령도에는 그 바다를 훤히 바라볼 수 있는 언덕에 심청각을 지어 놓고 심청이를 기리고 있다.

심청과 관련한 설화는 더 있다. 심청이가 용궁에서 타고 올라온 연꽃이 닿았다는 연봉바위며, 바다에 빠진 심청이가 바로 나오지 않고 잠수해 있다가 백령도 사람들 기억에서 사라질 때쯤 나와서 황해도 고향으로 돌아갔다는 잠수바위 설화 등이 전해지고 있다.

심청각을 뒤로하고 두무진에서 해상관광을 한 다음 선착장으로 가는 길이었다. 갑자기 넓은 들이 눈앞에 펼쳐졌다. 육지와 멀리 떨어진 섬에 그만한 들이 있으리라고는 생각지 못했다. 40만 평이나 되는 들녘을 가득 채운 벼가 가을볕에 황금빛으로 익어 가고 있어 보고만 있어도 배가 절로 불러오는 것만 같았다. 그 들에서 수확하는 벼로 5천여 명의 섬주민이 자급자족할 뿐만 아니라, 남는 쌀은 정부에서 수매한다고 하니, 천혜의 섬임이 분명했다.

백령도 앞바다는 2월 초순부터 11월 하순까지가 꽃게철이란다. 그곳의 꽃게는 씨알이 굵을 뿐만 아니라 혀끝에서 사르르 녹는 고소한 맛 때문에 최고 인기를 누린다고 한다. 사람들의 손때가 덜 탄 청정한 바다에서 사니 그럴 만도 하겠다는 생각이 들었다.

남북을 갈라놓은 저 푸른 바다. 그 한가운데 군사분계선이 있다고 한다. 그런데 놀랍게도 바다 가운데 먹잡이가 먹을 놓은 듯 거무스름한 선이 보였다. 바로 중국 어선들이 만든 선이었다. 그들은 북방한계선을 따라 일정한 간격으로 길게 늘어서서 밤을 새워가며 꽃게잡이를 한단다. 마치 곡예사가 줄을 타고 있는 것 같았다.

남과 북이 첨예하게 대립하고 있는 틈 사이로, 허락도 없이 비집고 들어와서는 제 나라 바다인 양 버젓이 꽃게잡이를 한단다. 그것도 모자라 북방한계선을 몇백 미터씩 침범하여 꽃게를 싹쓸이하는가 하면, 우리 어부들이 애써 쳐놓은 꽃게 그물을 통째 끌고 간다고 한다. 인근에 우리 해경 경비정이 순찰하고 있지만, 경비정이 오면 달아났다가 어느새 다시 오는 바람에 경비정과 밥 먹듯이 숨바꼭질을 하고 있다니…. 백년하청이라고 했던가. 하소연해 보았자 응답이 없는 푸른 바다. 백령도 어부들의 타는 가슴을 누가 달래줄 것인가.

남과 북이 서로 총부리를 겨누고 있는, 남의 나라 어장에 들어와 꽃게를 훔친다는 건 생각조차 할 수 없는 일이다. 살아간다는 것이 저리도 힘겹고 절박한 것이었나. 살기 위해서라면 황해의 거친 파도도 두렵지 않고 총부리도 무섭지 않은가 보다.

꽃게를 훔쳐 달아나는 남의 나라 어부가 얄밉기 그지없지만, 그걸 지켜보고만 있어야 하는 우리의 처지가 더욱 애달프다. 전쟁이 남긴 고통이라 치부하기에는 감당하기 버거운 일이다.

반세기가 훌쩍 넘도록 전쟁의 상처가 아물지 않은 서해 바다는 오늘도 시리고 아프다.

콩돌 하나라도

    백령도에 가기 위해 일행이 인천 연안부두에 모였다.

    뱃길은 인천 여객선 터미널에서 백령도를 향해 직선으로 가는 것이 아니라 서북진하면서 일단 공해상으로 나갔다가, 다시 항로를 바꾸어 소청, 대청을 거쳐 가게 되어 있었다.

    그날따라 날씨가 흐린데다 바람도 제법 강하게 불었다. 안개가 끼거나, 풍랑이 심하게 일거나, 남북 간에 긴장이 고조되면 뱃길이 닫히고 만다. 배가 못 뜰까 봐 걱정이 되었고, 뜬다 해도 궂은 날씨에 무사히 갈 수 있을지 또 걱정이었다.

    그런데 운항 허가가 떨어지고 일반인들 틈에 끼어 우리도 승선했다. 드문드문 해병대원들도 눈에 띄었다. 거의 모든 사람이 의자에 앉아 점점 거세지는 파도를 걱정하고 있었지만, 몇몇은 어느새 구석진 마룻바닥에 앉아 고스톱 판을 벌이고 있었다.

밖을 내다보니 먹구름이 깔린 바다에 파도가 일기 시작했다. 부두를 떠난 지 두어 시간 되었을까, 조금씩 흔들리던 배가 요동을 치고 몸이 상하 좌우로 흔들리더니 속이 불편해지기 시작했다. 여기저기 토악질하는 사람, 아예 마룻바닥에 드러누운 사람도 있었다. 그렇게 버티길 4시간 반 만에 드디어 백령도 용기포 선착장에 도착했다.

기진맥진하여 주저앉고 싶었지만 바로 버스에 올랐다. 처음 도착한 곳은 사곶해변이었다. 세계에서 단 두 곳밖에 없는 규조토 해변이라 했다. 다른 한 곳은 이탈리아 나폴리 해변이란다. 버스가 들어와도 땅이 패지 않고 타이어 흔적만 남았다. 달려 보기도 하고 제자리에서 뜀뛰기도 해 봤지만 발자국이 남지 않았다. 그래서 휴전 이후 한동안 군부대 비행장으로 사용했다고 한다. 그러니까 사곶은 천연 비행장인 셈이다.

사곶해변에서 그리 멀지 않은 곳에 콩돌해변이 있다. 섬 남쪽 해안 야트막한 둔덕에 올라서니 드넓은 바다가 펼쳐졌다. 탁 트인 콩돌해변은 밤톨만 한 고만고만한 돌들이 모래사장을 덮고 있었다. 눈부신 흰 모래사장이 아니라 갈색 자갈이 넓고 길게 깔린 해변이었다. 가까이 다가서니 갈색, 회색, 적갈색, 청회색 등 형형색색의 동글동글한 돌멩이었다. 기름을 발라 놓은 듯 반지르르했다. 기나긴 세월을 두고 파도에 밀린 돌멩이가 서로 부딪히며 모서리가 깎이고 파도가 쓰다듬으며 공들여 만든 보석이었다. 파도가 밀려오고 밀려갈 때마다 상쾌한 소리가 들려왔다.

"쏴아 사그락 사그락…."

여느 곳에서는 들을 수 없는 자연이 만들어 낸 아름답고 청량한 소리였다. 도시에서 찌든 마음을 오롯이 감싸 주는 감미로운 음악이었다. 모난 부부도 같이 살다 보면 모난 데가 가뭇없이 사라지고 결국에는 서로 닮아 간다고 하지 않던가. 자연의 이치와 삶의 이치가 다르지 않다는 것을 깨달았다.

콩돌을 가만히 들여다보니 그 부드러운 모양새와 색감에 이끌리어 호주머니에 한두 개 슬쩍 집어넣고 싶은 충동이 일었다.

그러자 사곶비행장을 뒤로 하고 콩돌해변으로 오는 길에 버스기사가 한 말이 생각났다.

"오래전 경상도 어느 시골에 사는 할머니가 이곳에 왔다가 콩돌 세 개를 집으로 가져갔대요. 그런데 감당할 수 없는 엄청난 벌금이 나오는 바람에 갚지도 못하고 빚더미에 앉아 한숨만 쉬고 있어요."

그러더니 또 이런 말을 했다.

"그러나 걱정 마세요. 여러분은 오늘 내 손님이니 콩돌을 몰래 가져갈 수 있는 비법을 알려 드리겠습니다. 해변에 가시면 양말을 벗고 발가락 사이에 콩돌을 끼우고 가시면 됩니다. 그런데 콩돌을 집에다 들여놓는 순간 시름시름 앓거나 살림을 말아먹는 등 우환이 시작된다는 이야기가 전해져 내려오고 있어요."

기사의 말을 듣고 보니 콩돌을 가져올 용기가 나지 않았다. 장난삼아 하는 말인 듯 들리지만, 그 말 속에는 우리가 동참해야 할 아름다운 뜻이 담겨 있기 때문이다. 말하자면 자연을 지키자는 간곡한 당부의 뜻이 숨어 있었다. 그곳의 콩돌은 오는 사람들마다 한두 개씩 몰래 가져가기 때문에 수가 많이 줄어들어 지금은 천연기념물로 지정하여 보호하고 있다고 한다.

사람들이 콩돌을 하나둘 가져가 버리면 콩돌만 사라지는 게 아니라 콩돌해변이 사라진다. 그리고 그곳을 찾는 수많은 사람들의 발길이 끊어지면 텅 빈 해변에 남는 건 파도 소리뿐일 것이다. 콩돌을 지키는 일은 해변을 살리는 일이요 자연을 살리는 일이다.

한 섬에 그것도 지척임에도 그렇게 생김새가 확연히 다른 해변이 있다는 것이 참으로 신기했다. 자연의 힘이 얼마나 위대한 것인가를 보여 주었다.

사곶해변과 콩돌해변을 품고 있는 백령도. 뱃길이 멀고 험해서 가기 어려운 곳이라기보다 북한과 인접해 있어서 선뜻 내키지 않는 곳이라는 것이 안타까웠다. 통일이 되면 더 많은 사람들이 백령도를 찾을 것이다. 우리가 콩돌 하나라도 보존해야만 하는 이유다. 잠깐이지만 콩돌을 탐했던 마음을 내려놓으니 편안해졌다.

자연을 훼손하면 재난을 당할 수 있지만, 자연을 사랑하면 우리의 삶은 풍요롭고 행복해지기 마련이다. 잘 가꾸어 건강한 자연을 후손에게 물려주는 일은, 이제 우리가 해야 할 몫이다.

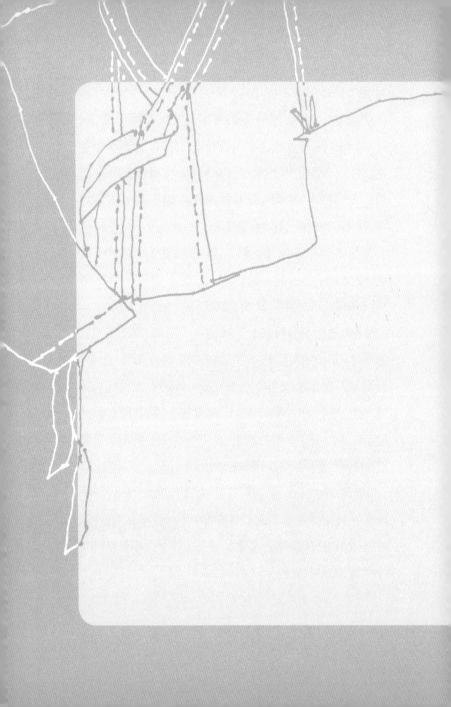

제3부

경비 할아버지의 빗자루

　강남에 볼일이 있어 간 김에 전에 살던 우성아파트가 궁금하여 그곳에 들렀다. 재개발이 될 거라는 이야기는 들어 알고 있었지만, 막상 눈앞에 펼쳐진 광경을 보니 어안이 벙벙했다.

　줄지어 섰던 건물과 하늘을 가렸던 아름드리나무들은 다 사라지고, 탁 트인 너른 평지에 포클레인 몇 대가 정지 작업을 서두르고 있었다. 나의 지난 기억들을 말끔히 지우려는 듯이 몇 남지 않은 구덩이를 마저 메우고 있었다.

　나는 12동에 살았었다. 아름드리 메타세쿼이아가 아파트 뒷담벼락을 따라 여러 그루 늘어서 있고, 앞으로는 넓지 않은 화단을 독차지하려는 듯 몸집이 우람한 은행나무와 바로 옆에 벚나무가 가느다란 가지를 창가로 뻗고 있었다.

봄이면 창문 너머로 잡힐 듯한 벚나무 가지에서 연분홍 벚꽃이 피었고, 가을이 오면 샛노란 은행잎이 가을바람을 타고 하늘거렸다. 그 속에서 고단한 도시의 일상을 잠시나마 잊고 마음의 안정을 찾곤 했다.

12동은 뒤쪽으로 출입문이 두 개 있었고, 출입문마다 경비 할아버지가 근무했다. 그중에서도 키가 작달막한 할아버지는 지금도 잊을 수가 없다. 바위처럼 다부진 체격에 한쪽 눈이 살짝 감긴 그분은 누구보다 친절하고 부지런했다. 주민이 무거운 짐을 들고 들어오면 경비실에 앉아 있다가도 얼른 나와 짐을 받아 옮겨 주었다.

가을이 깊어지면 샛노랗게 물든 은행나무 잎은 흔적도 없이 자취를 감추고 앙상한 가지만 남았다. 그러나 메타세쿼이아 잎은 철을 잊은 듯 계속 떨어졌다. 깃털 모양의 가늘고 긴 칙칙한 갈색 잎이 가을은 물론 겨우내 떨어졌다. 주차된 차량을 더럽힐 뿐만 아니라 길거리도 지저분하게 만들었다.

잎이 떨어지기 시작하면, 드디어 경비 할아버지의 청소 습관이 빛을 발휘했다. 낙엽과 한판 승부가 벌어지는 것이다. 어느 쪽이 먼저 지칠까. 잎이 떨어지기가 무섭게 쓸어 버리는 할아버지 앞에 메타세쿼이아는 종내 손을 들고 말았다.

낙엽과의 승부가 끝나고 나면 다음 상대는 눈이었다. 엄청난 양에다가 감당하기 어려운 무게 때문에 할아버지의 완패로 끝나리라 생각했다. 그러나 내리는 눈을 가만히 보고만 있을 그분이 아니었다. 어느새 할아버지는 빗자루를 들고 눈을 맞으면서도 마당을 쓸기 시작했다.

"할아버지, 눈이 다 내린 다음에 한꺼번에 쓰는 게 어때요?"

"길이 미끄러워지면 사람들이 다칠까 걱정이 되어서요."

경비실 전기난로 옆에 앉아 오가는 사람만 살펴도 누가 무어라고 할 사람 없건만, 그분은 그러지 않았다. 앉아 있는 시간보다 이 구석 저 구석 청소하는 시간이 훨씬 더 많았다.

마주 보고 있는 다른 동 경비 할아버지는 빗자루와는 아예 담을 쌓은 분이었다. TV를 보거나 난로를 끼고 앉아 의자에서 떠날 줄 몰랐다.

할아버지는 어디서 그런 열정이 솟구치는지 알 길이 없었다. 가만히 쳐다보면 얼굴에 세월의 흔적이 깊이 쌓였다.

반쯤 감기고 주름이 진 눈가에는 지난 세월의 고단함이 고스란히 묻어 있었다. 그런데 내면에서 곰삭은 온갖 고통과 슬픔으로부터 한 가닥 삶의 희망이라도 보았던 것일까, 아니면 일을 하면서 고통을 잊고 싶었던 것일까.

차가운 공기에 몸이 절로 움츠러드는 늦가을 저녁, 나는 귀가를 서두르고 있었다. 고단한 하루 일과를 정리하고 창밖을 멍하니 내다보고 있을 경비 할아버지 생각이 났다.

가게에 들러 금방 구워 낸 호떡을 두어 장 샀다. 내가 건네는 따뜻한 온기가 경비 할아버지의 시름을 조금이라도 덜어 드린다면 얼마나 좋을까.

할아버지가 빗자루로 쓸어 내던 것이 낙엽과 눈뿐이기만 했을까. 어쩌면 퍼내고 퍼내어도 다시 들어앉는 생의 온갖 잡념과 고달픔도 함께 쓸어 내고 싶었던 것은 아니었을까?

호떡이 든 따끈한 종이 봉지를 만지며 나는 걸음을 재촉했다.

팔순 잔치를 맞아

이미 오래전에 정한 약속이다. 장미꽃 피는 오월이 오면 모임을 갖자고 했었다. 그런데 느닷없이 들이닥친 코로나로 인해 연기하기로 했단다. 쥐띠 해인 금년에는 고등학교 동기생 대부분이 팔순을 맞이하게 된다.

20년 전 일이 생각난다. 그 해 육순을 맞이했던 우리는 강남의 한 호텔에서 공동 자축연을 한 적이 있었다. 100여 명이 넘는 동기생들이 모였다. 더러는 부부 동반으로 나와 부러움을 사기도 했다. 쾌적한 자리에서 이야기꽃을 피우며 시간 가는 줄 몰랐다.

그때 사회를 보던 친구가 말했다.

"오늘 잔치 비용은 두 동문이 분담하기로 했습니다. 게다가 팔순 잔치도 이곳에서 똑같이 하겠다고 나섰습니다.

그 뜻을 받아들이시겠다면 박수로 환영합시다."

뜻밖의 제안에 모두 놀라워했다. 육순 비용도 만만치 않을 터인데 팔순 비용까지 부담하겠다고 나서다니, 아무리 돈이 많다고 해도 아무나 할 수 있는 일이 아니다. 가질수록 더 많이 가지고 싶어 하는 것이 사람의 마음 아닐까. 재산 앞에서는 형제간의 우애마저 헌신짝 버리듯 하는 걸 수 없이 보아왔다. 게다가 20년은 짧은 세월이 아니다. 약속치고는 아주 먼 훗날의 일이다. 그 약속을 지키자면 건강을 위한 부단한 노력도 해야 할 것이다.

부러운 마음과 함께 감사의 박수를 보낸 것이 어제 일처럼 눈에 선하다. 그러나 그 긴 세월이 꿈같이 흘러 이제는 팔순을 맞이하게 되었다. 누가 있어 이를 거부할 수 있단 말인가. 숨을 한 번 크게 들이쉬고 나니 지난 일들이 아련히 떠오른다.

소도시 중학교를 졸업한 나는 더 넓은 세상이 궁금하여 대구시에 있는 한 고등학교 문을 두드렸다. 까까머리에 순진무구했던 나는 백 삼 선을 두른 감색 모자를 썼다. 적지 않은 무게감으로 고등학교 3년을 이끌어 준 모자였다. 눈망울이 초롱초롱한 학우들 틈바구니에서 아침이 밝아

오면 마음을 다잡았고, 지는 해를 보면서는 부족했던 하루를 반성했다.

요즘과 달리 그때만 해도 겨울이면 눈이 자주 내렸고, 한번 내리기 시작하면 많이 쌓였다. 어느 날 우리 학년 전체가 앞산으로 토끼몰이 사냥을 나간 적이 있었다. 토끼는커녕 진만 빼고 빈손으로 돌아왔다. 가랑이가 젖고 손발이 얼어붙었지만, 탁 트인 하늘 아래 눈 속을 마음껏 달리고 나니 가슴이 뻥 뚫린 기분이었다.

3학년 때인 1959년 봄, 학교를 대명동에서 대봉동으로 이전했다. 시내에서 좀 떨어진 언덕에 있던 학교를 시내 중심가로 옮긴 것이다. 이사하던 날 각자 자기 걸상을 날랐다. 누구는 겨드랑이에 끼고 누구는 머리에 이고 영선 못둑을 걸었다. 누구는 시내에서 활보하는 기대에 부풀었을 것이고, 또 누구는 여학교 앞을 지나면서 여학생 만나는 꿈을 꾸었으리라.

졸업하던 해인 1960년 2월 28일은 민주화 의거의 횃불을 밝혔던 날이다. 독재정권에 항거하여 분연히 일어선 순수한 학생운동으로 억눌린 국민의 잠재의식을 일깨워 준 쾌거라 할 수 있지 않을까. 그 일로 많은 동문들이 고초를 겪었지만, 역사는 그들의 구국정신을 기록하고 있을 것이다.

때로는 좌절하고 주저앉기도 했지만, 다시 일어설 수 있었던 것은 가슴에 품은 꿈이 있어서일 게다. 치열했던 3년의 열정을 뒤로 하고 우리는 뿔뿔이 흩어져 저마다의 길로 나섰다. 대학의 문을 두드리기도 하고 생활 전선에서 땀을 흘리기도 했다. 사회라는 넓은 세상을 마주했을 때는 존재의 왜소함에 어깨가 움츠러들기도 했지만, 삶이라는 절박한 현실 앞에서 동분서주했다.

서울에서 결혼을 하고 생활이 어느 정도 안정되자 친구들 안부가 궁금했다. 어디에 숨어 있었던지 한 사람 두 사람 모여들기 시작했다. 이렇게 만들어진 모임이 꽤 많았다. 지역별로 직장별로 소리 없이 늘어났다. 식사나 술자리 모임, 취미에 따라 골프, 바둑, 등산 모임 등 한동안은 왕성하게 활동했다.

그런데 그런 모임도 세월이 흐르니 시나브로 줄어들었다. 병마에 시달리거나, 이겨 내지 못하고 생의 끈을 아예 놓아 버렸다는 소식이 들려왔다.

나는 등산도 바둑도 좋아하지만 테니스를 특히 좋아했

다. 젊었을 때 시작한 것이 퇴직 후에도 이어졌다. 원당 휘릭스, 강남의 영동고등학교, 수도공고를 거쳐 마지막에는 잠실 5단지 코트에서 운동했다. 그곳은 오래된 단지여서 봄이 오면 벚꽃 속에 묻혔다. 매주 금요일 오전에 만나 운동하고 점심을 먹은 다음에 헤어졌다.

한여름 땡볕도 우리의 열정을 막지 못했다. 직장에 출근하듯 정성을 다했다. 테니스는 격렬한 운동이기는 해도 구력이 쌓이다 보면 떨어지는 체력에 맞는 요령이 생기기 마련이다. 나이가 들어도 무리하지 않으면 얼마든지 즐길 수 있는 운동이다.

우리와 같은 시간대에 바로 옆면에서 운동하는 여성 팀이 있었다. 단련된 몸에서 터져 나오는 파워와 공 다루는 솜씨가 일품이었다. 간혹 함께 놀아주는 날이면 보너스를 탄 기분이었다. 하지만 하수와의 운동이 고역이라는 걸 아는지라 되도록 방해가 되지 않으려 애썼다.

그런데 어느 날 운동을 하던 서 동문의 안색이 좋지 않았다. 공을 치면서 힘들어하는 기색이 역력했다. 건장한 체격에 말술을 마다하지 않고, 술기운이 거나하게 돌면 야은 길재의 회고가懷古歌를 청산유수같이 읊던 친구다.

오백년 도읍지를 필마로 도라드니
산천은 의구하되 인걸은 간 데 없다.
어즈버 태평연월이 꿈이런가 하노라.

그날 운동 후 우리는 모처럼 고깃집으로 갔다. 평소와는
달리 서 동문은 소주잔을 받아 놓고 건드리지도 않았다.
가위와 집게를 들고 고기를 굽기 시작했다. 요리조리 뒤집
어 가면서 노릇노릇 구워지면 친구들 앞앞이 놓아 주었다.
그것이 그 친구와의 마지막 만남이었다. 나중에 알고 보니
암이라고 했다. 전혀 내색을 하지 않아 아무도 몰랐다. 그
렇게 그는 벚꽃 지던 봄날 꽃잎처럼 지고 말았다.

이제 남은 회원은 겨우 네 명이었다. 그중 누구 하나라
도 변고가 생기면 모임이 해체될 처지에 놓였다. 지금 우리
는 어디쯤 와 있는 것인가. 언젠가는 모임이 해체되겠지만
그 현실이 눈앞에 다가오고 있었다. 금요 운동은 불문율이
되어 이미 생활 속에 깊숙이 자리를 잡았다. 나에게는 노
년의 건강을 지켜 주는 유일한 운동이다.

서 동문이 가고 몇 해가 지나갔다. 조용한 성격에 말수
가 적으면서도 동료들을 알뜰히 살펴주던 강 동문에게

이상이 생겼다. 운동을 하다 말고 배가 아프다고 하더니 그 길로 테니스장에 나타나지 않았다. 운동장이 갑자기 썰렁해졌고 운동할 맛을 잃고 말았다.

평소에 점심이 끝나면 그와 나는 그냥 헤어지기가 서운하여 테니스장 사무실 2층으로 갔다. 거기서 바둑을 두었다. 테니스장은 아침저녁만 붐빌 뿐 낮 시간은 텅 비었다. 6면이나 되는 넓은 테니스장을 둘이서 지키던 때가 많았다.

아마추어 6단인 그가 자칭 4급인 나를 가르치느라 애를 많이 썼다. 바둑은 상수와 둘 때가 재미나는데 하수하고는 선뜻 마음이 내키지 않는 두뇌 운동이다. 그런데도 그와 나는 누가 먼저랄 것도 없이 점심이 끝나면 2층으로 갔다. 여름에는 아이스크림을, 다른 계절에는 빵이나 과일, 아니면 과자 부스러기를 옆에 두고 마주 앉곤 했다.

한번은 그 친구 집에 놀러간 적이 있었다. 하남시에 있는 아담한 아파트였다. 식탁 위에 참깨 통이 놓여 있었다. 몸에 좋다면서 생각날 때 먹는다고 했다. 날씨가 좋아 우리는 밖으로 나왔다. 한강변을 따라 조성된 수변공원을 거닐며 노년의 건강에 관한 이야기를 나누었다. 내가 건강검진 받은 이야기를 꺼냈더니, 놀랍게도 그는 그때까지 건강

검진을 받아 본 적이 없다고 했다. 건강은 스스로 알아서 지킨다면서. 수재다운 대답이라고 해야 할지.

그러고 보니 그의 서재에는 건강 관련 책이 여러 권 있었다. 그는 그런 종류의 책을 구입해서 친구들에게 나누어 주며 꼭 읽어 보라고 권하기도 했다. 책을 통해 얻는 건강 지식도 좋지만 건강검진을 통해 내 몸 구석구석을 들여다보는 것이 더 좋을 것 같다면서 늦었지만 꼭 받아 보라고 권한 적이 있었다. 결국 지식을 과신하다가 건강을 해치고 마지막에는 암으로 삶을 마감한 것 같아 안타깝기 그지없다.

이제 남은 회원 단 세 명으로는 팀을 꾸릴 수가 없게 되었다. 해묵은 테니스 모임은 그렇게 고목이 쓰러지듯 해체되고 말았다.

병째 마시던 술이 잔술이 되더니 이제는 이마저 마다하는 친구들이 늘어났다. 바둑판에 마주 앉으면 승부를 다투던 기세는 어디로 갔는지, 지금은 져도 그만인 표정이다. 얼굴에는 검버섯이 터를 잡더니 세를 불려가고, 세월의 무게에 눌려 허리가 굽고 어깨는 내려앉았다. 그래도 우리는 만나면 어린애같이 웃는다.

화려한 장미도 좋지만 이제는 숨은 듯이 핀 풀꽃이 자꾸 눈에 들어온다. 높은 산보다 낮은 언덕이, 큰 목소리보다는 들릴 듯 말 듯한 목소리로 소곤대는 사람에게 친근감이 간다.

그래서인지 팔순 잔치는 호텔이 아닌 수수한 일반 음식점에서 하기로 했단다. 20년 전 잔치 비용을 부담하겠다고 나섰던 두 친구에게는 뜻을 거두어줄 것을 간곡히 부탁하고 양해를 구했다고 한다. 대신 십시일반으로 모은 기금으로 조촐한 모임을 갖기로 했단다. 어깨가 가벼워지는 것 같다. 높은 의자에 덩그렇게 올라앉는 것보다, 낮은 자리에 앉아 어깨를 맞대고 소주 한 잔 기울이는 재미를 어찌 마다할 수 있겠는가.

장미꽃 피는 오월이 다시 기다려진다.

갯벌에 핀 꽃

신록의 계절 초여름, 고등학교 동기생들과 버스 편으로 염전 구경길에 올랐다. 아침 일찍 서울을 출발하여 점심 때쯤 전남 신안군 증도에 도착했다. 신안군은 모두 13개의 섬으로 이루어져 있는데, 증도는 2010년 증도대교가 개통되면서 육지와 연결되었다고 한다. 증도대교 건너 태평염전에 들어섰다.

눈앞에 펼쳐진 염전은 하도 넓어 끝이 가물가물했다. 마치 바둑판을 갖다 놓은 듯 네모반듯한 소금밭이 나란히 이어져 있었다. 염전 내에는 홍보실, 체험실, 소금박물관, 염생식물원 등이 있었다.

먼저 직원의 안내에 따라 홍보실에 들러 염전에 관한 설명을 들었다. 태평염전은 140만 평으로 국내에서 제일 큰 염전이라고 했다. 국내 소금 생산량의 약 7%가 그곳에서 생산된다는 것이다. 바닷물에서 소금이 만들어지는 전 과정을 자세하게 설명해 주었고, 이어서 소금 생산 현장 실습을 하게 되었다.

장화로 바꾸어 신고 결정지에 들어섰다. 직원의 설명에 따라 밀대인 '소파'를 잡고 밀면서 소금물 바닥에 결정된 하얀 소금을 모았다. 단순 노동이긴 하지만 뭍에서가 아닌 물에서 하는 노동의 소중함을 알게 되었다. 우리가 매일 먹는 소금은 바닷가의 황무지나 다름없는 갯벌에서 그렇게 만들어지고 있었다.

이어서 염생식물원으로 갔다. 그런 곳에 식물원이 있다니, 염생식물은 도대체 어떤 식물일까? 소금기 머금은 갯벌은 식물의 생존을 거부하는 땅이 아니던가. 11만제곱미터나 되는 염생식물원은 염전 초입에 있는데도 눈에 얼른 띄지 않았다. 염전 하구에 자연적으로 형성된 삼각지 모양의 습지대, 그곳에서 70여 종의 염생식물이 자라고 있었다. 얼마 전까지만 해도 버려진 땅이었는데 판자로 탐방로를 만들어 보고 즐기는 관광지로 변신했단다.

갈색의 탐방로에 들어서니 눈에 선뜻 들어오는 식물이

없었다. 그러나 가까이 다가서니 갯벌이 자줏빛, 붉은빛 물감을 풀어 놓은 듯했다. 자세히 보니 탐방로 아래쪽에 엎드린 듯 살아 있는 식물이 보였다. 난쟁이 염생식물이었다. 모두 자라다 만 식물 같았다.

시도 때도 없이 몰아치는 강한 바람, 토양의 염분과 부족한 물, 그리고 뜨거운 햇빛이 쏟아지는 갯벌은 식물이 살아갈 수 없는 땅으로만 알았다. 그런 곳에서 세상을 열고 끈질기게 살아가는 식물이 있다는 사실이 경이로웠다.

탐방로를 따라서 곳곳에 식물 사진과 함께 특성을 기록한 설명문이 붙어 있었다. 그것을 먼저 읽고 난 다음 허리를 굽히기도 하고 쪼그려 앉기도 하면서 식물을 자세히 내려다보았다. 곧게 선 줄기에서 잔가지가 나 있으나 겉으로 보기에는 잎이 없는 전체가 줄기처럼 보이는 '퉁퉁마디', 몸 전체가 붉은색을 띠어 갯벌을 붉게 물들이되 칠면조처럼 색이 변한다 하여 이름이 붙여진 '칠면초', 줄기 아래쪽에서부터 가지가 많이 갈라져 방석처럼 옆으로 퍼지는 '방석나물', 원줄기나 곁가지가 옆으로 둥글게 휘어지는 '해홍나물' 등 종류가 다양했다.

의지할 둔덕이나 나무 한 그루 없는 환경에 적응하여

살아남기 위해 염생식물은 스스로 물리적·생리적 독특한 기능을 갖출 수밖에 없는 것 같았다. 강한 바람에 잘 견디기 위해서는 몸을 낮추어 옆으로 눕거나 바닥을 기며 자란다. 그리고 몸속으로 들어온 염분 농도를 조절하기 위해서 세포조직을 발달시킨다. 저수조직에 많은 물을 저장해 두고 염분 농도를 낮춘다. 수분의 증발을 되도록 줄이기 위해, 내륙의 식물에 비해 잎이 두껍고 표면적이 작은 방망이나 바늘, 주걱 모양 등 다양한 생김새를 갖추고 있다. 이런 것들이 바로 갯벌에서 살아가는 염생식물의 생존술이라고 한다.

어쩌다 여기까지 밀려왔을까. 생존경쟁에서 밀려난 것일까. 혹독한 환경에서 살아남기 위해 긴 세월을 두고 키를 줄이고 세포조직을 발달시켜 왔을 것이다. 남모르는 고통을 감수한 세월이 만들어 낸 작품이리라.

염생식물은 난쟁이 식물로만 치부할 수 없다. 살아남기 위한 몸부림이었던 것이다. 아무도 제대로 눈길 한 번 주지 않는 갯벌에 뿌리를 내려 서로 기대고 의지하며 낮은 자세로 꽃을 피우고 있었다. 갈색 펄에서 천 년을 두고 자아올린 색이라 그리도 선연한가 보다. 염생식물이 없는 갯벌은 생각만 해도 황량하다.

비릿한 갯벌 냄새로 가득한 회색지대에서 피어난 작은 꽃, 황폐한 환경 속에서 자라나는 모든 것들이 그러하듯 염생식물은 기특하고 아름다웠다. 해풍에 흔들리며 길손을 향해 웃고 있는 그 천진한 웃음까지.

'잘했다' 할아버지의 손자 사랑

2011년에 개통된 신분당선은 양재역과 정자역을 오가는 무인운전시스템으로 운행되는 지하철이다. 서울에서 처음으로 도입하여 시범 운행하는 중이었다.

운전기사 없이 열차가 어떻게 움직이는지 궁금하여 열차 맨 앞쪽으로 가보았다. 열차 머리 부분이 운행관리원 지정석이라고 하지만 의자는 없었다. 그 자리에 서니 앞이 환하게 보였다. 지하 동굴 양쪽 벽에 달아 놓은 전등이 동굴을 환히 밝혀 주었다. 멀리까지 시원하게 뻗어나간 동굴 바닥에 레일을 가지런하게 깔고 시멘트 구조물로 단단하게 고정시켜 놓았다. 지상과는 다른 지하 세계의 그 길을 열차는 미끄러지듯 달렸다.

2013년 가을 서초문화원에 들러 시작詩作 강의를 듣고 분당 집으로 돌아가는 길이었다. 양재역에서 지하철을 타려고 지하 3층으로 내려갔다. 신설된 노선인데다 낮시간이라 그런지 열차 이용객이 적어 조용했다. 승강장 바닥에는 객차 번호를 매겨 놓았다. 나는 평소 타고 내리던 번호 쪽으로 가고 있었다. 그때 한 사람이 큰 목소리로 말했다.

"잘했다."

고개를 돌려보니 할아버지였다. 그이는 중학생쯤으로 보이는 아이와 함께 지하철을 기다리고 있는 듯했다. 아이가 무슨 말을 하면 할아버지는 또 큰 소리로 말했다.

"잘했다."

중키에 살집이 있어 보이는 할아버지는 겉으로 건강한 듯 보였지만, 정신 질환을 앓고 있는 것 같았다.

'저 나이에 어쩌다 병을 얻었을까?'

거리를 걷다 보면 장애를 갖고 있는 사람을 가끔 보게 된다. 할아버지도 그런 사람들 중 한 사람이려니 생각하고 그냥 지나쳤다.

며칠 후 다시 지하철을 타고 집으로 가는 길이었다. 눈을 감고 하루 일과를 돌아보고 있는데, 큰 소리로 말하는 이가 있었다.

"잘했다."

눈을 떠보니 그때 그 할아버지가 맞은편에 앉아 있었다. 다시 보니 이목구비가 반듯하고 환하게 웃는 모습이 건강해 보였다. 그런데 주위 사람을 전혀 의식하지 않고 큰 소리로 말했다.

'도대체 누가 무얼 잘했단 말인가?'

주위를 둘러보니 한 아이가 나지막하게 혼잣말을 하고 있었다. 열차 운전기사석에 서서 정면을 바라보고 기사 노릇을 하고 있었다.

"출발하겠습니다. 문이 곧 닫힙니다."

다음 역에 열차가 서서히 들어서면 또 안내를 했다.

"이번 역은 시민의숲 역입니다. 내리실 문은 왼쪽입니다."

자동 안내 방송이 있는데도 그 아이는 육성으로 안내 방송을 계속했고, 그때마다 할아버지의 칭찬이 이어졌다. 마지막 역인 정자역에서도 아이의 안내 방송에 따르듯이 열차가 멎었고 사람들이 내리기 시작했다.

두 사람의 관계가 궁금한 나는 그들 뒤에 슬쩍 다가가서 대화를 들어보려고 했지만 그러질 못했다. 북적거리는 사람들 속에서 아쉬움만 남긴 채 멀어지고 말았다. 바삐 돌아가는 사람들 무리 속에서 할아버지와 손자는 서로 손을 꼭 잡고 걸어갔다.

아이는 살이 통통하게 찌고 티 없이 맑은 미소년이었다. 그러나 안타깝게도 지적 장애를 앓고 있었다. 애가 탄 할아버지가 손자의 병을 고쳐보겠다고 매달리는 것 같았다. 해맑은 표정의 손자와 환하게 웃으면서 언제나 칭찬해 주는 할아버지는 누구보다도 행복해 보였다.

아픈 손자에게 칭찬만 하다 보니 자연스럽게 웃는 얼굴이 되어 버린 할아버지. 그분의 모습이 집으로 걸어오는 내내 눈앞에 아른거렸다.

우리는 살아가는 동안 어쩔 수 없이 수많은 고통과 슬픔을 맞이하게 된다. 어려움이 닥치면 좌절한 나머지 주저앉고 마는 이가 있는가 하면, 이를 극복하려고 노력하는 가운데서 또 다른 행복을 찾아가는 이도 있다.

할아버지도 자신의 삶이 있을 것이다. 스스로의 삶을 제쳐두고 손자의 아픔을 끌어안고 함께 헤쳐나가는 용기에 박수를 보낸다.

특별한 음악 공연회

한 해가 서서히 저물어가는 11월 하순, 종친회 회원의 음악 공연 초대장을 들고 길을 나섰다. 6·25전쟁이 터지자 그는 부산으로 피란 가서 부산고등학교와 육군사관학교를 졸업한 후 오랜 군 생활을 마치고 지금은 서울에 살고 있다.

어느 날 직장에서 물러난 60대 중후반의 동문들이 한자리에 모여 여생을 즐기면서 사회에 공헌하는 길을 찾던 중 자생한 단체가 '아스라이합창단'이고, 그는 그 합창단의 테너다.

공연장이 있는 압구정동 광진교회 장천홀에 들어서니 좀 이른 시간이어서 사람들이 뜸했다. 일행을 만나 함께 입장하려고 안내석 앞에서 서성이고 있는데, 어른들을 따라 아이들이 들어왔다. 어린 나이에 벌써 음악 공연을 보러 오다니 참으로 행복한 아이들이라 생각하며 무심히 지나쳤다.

그런데 무언가 이상한 느낌이 들어 다시 보니 장애아들이었다. 지체 장애를 앓고 있는 아이도 있고, 지적 장애가 있는 아이도 있었다. 두 줄로 늘어서서 단체 사진을 찍으려 할 때였다. 순간 한 아이가 자리를 박차고 뛰쳐나갔다. 옆에 있는 자판기를 끌어안기도 하고 벽에 얼굴을 대고 울기도 했다. 인솔자인 듯한 젊은 사람이 달랬지만 막무가내였다. 결국 단체 사진은 그 아이가 빠진 사진이 되고 말았다.

무슨 사연이 있는가 싶어 가까이 가 보니, 키는 어린아이인데 얼굴은 나이든 사람이었다. 그런데 알고 보니 그들은 합창단원들이고, 공연 시작 전에 단체 촬영을 한 것이었다.

공연 시간이 가까워져 지하 1층에 있는 공연장으로 갔다. 생각보다 규모가 컸다. 무대 가까운 곳에 자리를 잡고 주위를 둘러보았다. 무대 위에는 그랜드 피아노와 어린이용인 듯한 나지막한 마이크 두 개가 나란히 놓여 있었다.

공연 팸플릿을 열어 보았다. 1부 공연은 아스라이합창단, 피오레여성합창단 그리고 아스라이와 피오레 혼성합창이고, 2부는 홀트꾸오레합창단과 아스라이 공연으로 되어 있었다. 아스라이를 보러 왔다가 덤으로 공연을 더 보게 된 것은 행운이었다.

조명이 꺼지고 무대 조명이 밝아지더니 사회자가 무대 옆쪽에서 걸어 나왔다. 검은색 원피스를 입은 여인이 본인 소개와 인사말에 이어 합창단 소개와 공연 순서를 설명했다. 세련된 말솜씨와 차분한 어조가 한층 돋보였다. KBS1 라디오에서 음악 프로그램을 담당하고 있는 정세진 아나운서였다.

이어서 아스라이 단원들이 한 사람씩 무대 앞으로 나와 스물다섯 명이 두 줄로 나란히 섰다. 훤칠한 키를 자랑하는 지휘자도 그와 동문이다. 이태리 국립음악원 성악과를 수료하고 오케스트라 지휘 경력을 가진 동국대학교 외래교수다. 바쁜 중에도 세 합창단과 인연을 맺고 열과 성을 다해 지도하고 있다고 한다.

드디어 공연이 시작되었다.

산너머 남촌에는 누가 살길래
해마다 봄바람이 남으로 오네

들릴 듯 말 듯 낮고 조용하게 흐르는 가락이 물안개처럼 객석으로 퍼져 나갔다. 음색이 곱고 음역이 생각 외로 높았으며 풍부한 성량은 나이를 무색하게 했다.

이어진 두 곡은 좀 특이했다. 합창 중인데 무대 뒤에서 한 사람이 불쑥 나왔다. 갓을 쓰고 두루마기를 걸친 노인이었다. 긴 담뱃대를 물고 폼을 잡으면서 무대 앞쪽을 휘젓고는 무대 뒤로 사라졌다. 경쾌한 음악에 맞춘 코믹한 무대였다. 창단 8년 만에 첫 공식 공연. 노익장을 과시한 그들에게 박수를 보냈다.

피오레가 등장하자 무대에 봄바람이 불었다. 연륜에서 우러나는 아름다움을 잘 간직하고 있었다. 고운 목소리로 '도라지꽃'을 부르던 모습이 지금도 생생하다.

아스라이 피오레 혼성합창에 이어 홀트꾸오레 차례가 되었다. 이십여 명이나 되는 아이들이 각자 복장을 하고 등장했다. 지휘자가 대열을 가다듬어 주었다. 최순애 작사의 '오빠 생각'이 울려퍼졌다.

뜸북 뜸북 뜸북새 논에서 울고
뻐꾹 뻐꾹 뻐꾹새 숲에서 울제

　박자는 아슬아슬하게 넘어갔지만 음정은 들쭉날쭉이었
다. 옆 친구와 손을 꼭 잡고 노래하는 아이도 있고, 노래
를 부르면서도 두 팔로 지휘자 흉내를 내는 아이, 앞으로
뛰어나와 마이크에 대고 노래를 부르는 아이도 있었다. 그
럴 때면 지휘자가 지휘를 하다 말고 아이 눈높이에 맞춰
허리를 잔뜩 굽히고 낮은 목소리로 함께 노래를 불렀다.
　어느새 나도 아이들을 따라 노래를 부르고 있었다. 가
슴이 따뜻해지고 눈시울이 촉촉이 젖었다. 저 노래 속에
숨은 어머니의 눈물은 갈라터진 논바닥처럼 말라 버렸을
것이다. 세 곡을 마친 아이들이 무대를 떠났다. 무심하게
도 잊고 있던 또 하나의 세상이 가슴속으로 들어왔다.
　노래하는 동안 무대는 그들 세상이었다. 그곳에는 가식
이라는 것은 찾아볼 수 없었고, 오직 노래할 수 있다는
행복으로 가득 찬 것 같았다. 마치 자연 속으로 들어온
기분이었다.
　우리가 사는 세상에 저들도 함께 살아간다. 내가 쉽게

걸어다니는 것을 저들은 얼마나 힘들어하며, 내가 쉽게 말할 때 저들은 얼마나 애를 써야 할까. 소곤거리듯 들려오는 작고 미묘한 그들의 외침이 긴 파장을 일으켰다. 눈가에 이슬이 촉촉했다.

잊을 수 없는 어느 교관

대학교 3학년 때 일이다. 예비역 장교 훈련단 ROTC 2기 생이었던 나는 하계 군사훈련을 받기 위해 대구시 인근에 있는 군 예비사단에 입소하러 가는 길이었다.

넓은 연병장을 걸어 들어가는데 무더위가 기선을 제압하겠다는 듯 앞을 가로막았다. 다가올 병영 생활이 녹록지 않을 것임을 직감했다. 본부에 들러 입소 신고를 하고 배정된 내무반에 들어가 군복으로 갈아입었다. 미지의 세계에 대한 두려움과 기대가 교차했다.

내무반은 가운데 통로를 사이에 두고 양쪽으로 마루를 깔아 놓았다. 마루 끝에 걸터앉으면 무릎이 90도로 꺾일 정도로 나지막했다. 시멘트벽에 설치된 사물함에 발을 대고 머리를 통로 쪽으로 향해 길게 누우면 마룻바닥이 바로 침상이 되었다. 시멘트 바닥은 두 사람이 오갈 수 있는 통로이고, 그 가운데 청소용 양은 물통 하나가 덩그러니 놓인 게 전부였다.

교육은 강의와 실습으로 이루어졌다. 짧은 여름방학 동안에 받는 훈련인데다가 간부 육성 과정이어서 그런지, 교육 스케줄이 촘촘히 짜여 있어 하루 일과는 숨 돌릴 틈 없이 바쁘게 돌아갔다.

고된 교육훈련이 며칠째 이어지자, 10분 간 휴식 시간이 되면 쏟아지는 잠을 주체하지 못하고 어디든 기댈 곳만 있으면 잠이 드는 동료가 여기저기 눈에 띄었다. 대학 생활에 젖어 있던 리듬이 군 생활에 적응하느라 일어나는 충돌 현상이리라.

주간 교육이 끝나고 잠자리에 들기 전 점호를 무사히 받아야 하루 일과가 끝나고 잠을 잘 수 있었다. 점호는 스피커를 통해 명령이 하달되었다.

"점호 ○분 전!"

하던 동작을 멈추고 사물함에 있는 군복, 모포 등을 각 지게 정리정돈하느라 바빠진다. 점호는 각자 자기 침상 앞에 일렬로 서서 받는다. 사물을 잘 정리하고 복장을 단정히 한 다음 무릎을 침상에 대고 일렬로 늘어선다. 정리 정돈이 불량한 후보생은 간부들이 두 손바닥을 펴서 가슴을 세게 밀친다. 그러면 침상에 벌렁 나가떨어지고 만다. 창피하다는 생각을 할 겨를도 없이 바로 일어나야 한다.

청소용 물통이 앞에 놓이면 간부가 그냥 지나간다. 점호 전에 물통 전쟁이 일어나는 이유다. 물통이 놓이는 위치쯤에 자리했던 내 단짝은 물통 덕을 많이 봤다. 친구는 점호가 끝나고 겸연쩍은 얼굴로 나를 바라보곤 했다.

고된 주간 훈련이 끝나고 취침 점호를 받던 날이었다. 사물함을 정리정돈하고 모포를 깔고 베개를 벤 채 반듯이 누워 점호를 받았다. 땀내가 진동했지만 나란히 누웠다.

그날 밤만은 편히 쉬고 싶었는데 그게 아니었다. 드디어 취침 점호 구령이 떨어지고 멀리서부터 누운 순서대로 "하나, 둘" 차례로 번호를 외치기 시작했다. 그 소리가 점점 다가오는데 옆에 누운 동료는 그새 꿈나라로 갔다. 코까지 골기 시작했다. 다급해진 나는 동료의 베개를 흔들어 보았지만 "응" 하고는 이내 잠이 들어 버렸다. 결국 점호는 나를 마지막으로 끝이 났다.

불안한 예감이 들었다. 한 사람의 잘못이 개인의 벌로

끝나는 게 아니라 단체 기합으로 이어지는 경우가 많았다. 아니나 다를까, 캄캄한 어둠을 타고 스피커가 울렸다.

"파이버 없는 철모 쓰고, 판초 우의 입고, 치약 묻힌 칫솔 입에 물고, M1소총 메고, 왼손에는 모포를 들고, 선착순으로 연병장에 집합!"

내무반이 금세 북새통을 이루었다. 우당탕, 마룻바닥이 꺼져 내리는 것만 같았다. 너나할 것 없이 허우적거렸다. 손에 잡히는 대로 쓰고, 입고, 소총을 멘 다음 튕기듯이 연병장으로 향했다. 언제나 선착순이기 때문에 한 번에 끝을 내야 했다. 빨리 뛰려 해도 그놈의 맨철모는 짱배기*를 두들기고, 입에서는 거품이 나오는 바람에 이러지도 저러지도 못한 채 곤죽이 되어 갔다. 비상훈련은 캄캄한 운동장을 두어 바퀴 돌고 나서야 끝났다. 몸은 있는데 내 영혼은 어디론가 가버리고 없었다.

연일 볶아대던 태양이 먹구름 속으로 숨어 버리고 잔뜩 찌푸린 날 야외 교육장으로 향했다. 나지막한 언덕에 자리한 교육장에 칠판과 교탁이 옮겨져 있었다. 우리는 대오

* 짱배기 : 정수리의 경상도 사투리.

를 맞추어 땅바닥에 앉았고, 교관의 강의가 시작되었다. 색이 약간 바랜 듯한 군복은 금방 다림질한 듯 주름이 살아 있었다. 자그마한 키에 꼿꼿한 자세, 눌러쓴 모자 밑으로 서늘한 눈빛이 보는 이를 압도했다.

그런데 무겁게 깔린 먹구름이 순식간에 장대비를 쏟아붓기 시작했다. 비를 피해 막사로 돌아갈 것이라 생각했지만 착각이었다. 비를 비웃기라도 하듯 눈 하나 깜빡하지 않고 교관은 강의를 계속했다. 칠판에는 빗물이 흐르고 교관의 모자챙에서도 빗물이 줄줄 흘러내렸다. 교육장은 순식간에 강바닥이 되었고 다리 사이로 빗물이 흘렀다.

순간 움츠러들었던 마음은 어디 가고 형용할 수 없는 희열이 느껴졌다. 사람은 한없이 약한 것 같으면서도 어려움에 부닥치면 그걸 극복하는 힘을 가지고 있다는 것을 교관은 행동으로 보여 주고 있었다. 오는 비를 그대로 맞으면서 소정의 교육을 모두 마치고서야 막사로 향했다.

생각지도 못했는데 막사로 돌아오는 길에 목욕탕에 들렀다. 10분이 주어졌다. 목욕탕에 들어서니 한가운데 둥 그렇게 생긴 탕이 있고 그 주위에 갈색 플라스틱 바가지가 보였다. 옷을 벗자마자 바가지를 잡으려고 돌아다니다가 바가지는 쥐었으나 물을 뜰 기회가 오지 않았다. 동료들이 서로 다투는 바람에 물 구경만 하고 도로 나오고 말았다. 훈련병 목욕이란 그런 것이었다.

훈련에 몸과 마음이 지쳐가던 어느 주말이었다. 단짝 친구 누님과 동생이 도시락을 싸가지고 면회를 왔다. 친구가 함께 가자고 했다. 넓은 연병장에 딸린 화단 옆에 자리를 잡고 앉아 도시락을 먹었다. 갖가지 양념으로 정갈하게 차린 음식은 세상에 둘도 없는 별미였다. 그때 일이 지금도 생생하게 떠오른다.

단체 기합은 수시로, 그리고 영문도 모른 채 이루어지는 경우가 많았다. 연병장을 돈다든지, 멀리 목표물을 정해 놓고 돌아오는 것은 나은 편이지만, 왕모래가 깔린 연병장에 주먹 쥐고 엎드려뻗치기를 하고 나면 모래 알갱이가 주먹에 박혀 고통스러웠다. 선착순 기합이 있을 때는, 내가 목표물을 돌아 나오면 친구는 목표물을 향해 뛰고 있는 경우가 많았다. 어릴 적 고향에서 산에 올라 소를 먹이며 단련된 몸이라서 그런지 두 바퀴 돈 적이 없다. 친구는 그걸 지금까지도 얘기한다.

단체 기합이 육체를 강하게 만들어 주는 훈련이라면, 폭

우 속의 강의는 정신무장을 강화시켜 주는 또 하나의 훈련
인 셈이다. 그 두 가지가 합쳐지면 힘은 배가 될 것이다.

캄캄한 밤 연병장에서 '전선의 밤' 군가를 부르게 하던
교관의 모습이 아련히 떠오른다. 세찬 빗줄기 속에서도 꿈
적하지 않던 자세와 형형한 눈빛을 잊을 수가 없다. 수십
년이 지난 지금, 살아 있다면 흐트러짐 없이 꼿꼿하게 늙
어 갈 거라는 생각이 든다.

소대장의 자리

사진첩을 정리하다가 빛바랜 사진 한 장에 눈길이 멈추었다. 군복무 시절에 찍은 사진이다. 철모에 카빈총을 어깨에 멘 채 응시하고 있는 곳은 철원평야의 비무장지대, 황금 물결이 일렁이는 들녘을 가로질러 거무스름한 벨트 같은 것이 쳐져 있다. 바로 비무장지대의 우거진 수풀이었다.

1964년 초여름, 내가 육군 소위로 부임한 곳은 경기도 연천군 신탄리에 있는 최전방 부대였다. 신탄리역은 경원선 마지막 역이다. 북으로 더는 갈 수 없다. 북쪽은 온통 지뢰밭이었다. 군부대 뒤로는 832미터의 고대산이 버티고 섰고, 앞으로는 철원에서 내려오는 차탄천이 흐르는 곳이다.

최전방 부대라서 각종 전투 훈련이 끊이지 않았다. 그때 자주 훈련하던 곳이 고대산이었다. 산 중턱에는 키 큰 나무도 많았지만 키 작은 싸리나무도 많았다. 한 손에는 지도, 다른 손에는 소총을 잡고 철모로 싸리나무를 헤치면서 훈련했다. 산 정상으로 향하던 어디쯤엔가 허리를 펴고 서면, 멀리 북쪽으로 넓은 철원평야가 한눈에 들어왔다. 따가운 가을볕에 농부의 땀방울이 알알이 익어 가고 있었다. 숨죽인 들녘에도 결실의 계절은 어김없이 찾아오고 있었다.

소대원의 신상을 꼼꼼하게 파악하는 것은 소대장의 중요한 임무 중 하나다. 다행히 우리 소대에는 권 중사가 있었다. 키가 작고 몸집이 통통한 인상 좋은 분이었다. 말소리도 크지 않고 조근조근했다. 내가 먼저 말을 걸지 않아도 스스럼없이 찾아와 소대 현황에 대한 많은 이야기를 해 주었다. 소대장이 파악하기 어려운 부분까지 소상하게 말해 주어 소대원을 이끌어 가는 데 많은 도움이 되었다. 모르는 사이에 우리 사이에는 믿음이 싹트고 있었다.

소대원들의 근무 환경은 참으로 열악했다. 제대로 먹지도 입지도 못해 얼굴은 핏기를 잃었고 버짐이 핀 병사도 있었다. 일과가 끝나면 개울가에서 군복을 빨아 입는 것은 물론이고 해진 군복과 양말을 스스로 기워야 했다. 거기에다 이까지 득실거렸다. 가끔 DDT를 뿌리기도 했지만 역부족이었다. 자유 시간에 내무반 구석에 앉아 이를 잡는 병사도 있었다. 국민소득 100불도 채 되지 않던 시절, 나라가 가난했으니 누굴 원망할 수도 없었다.

초여름에 부임하여 새로운 환경에 적응하느라 바쁜 하루하루를 보내고 있었다. 그사이 깊고 적막한 휴전선 산골에도 가을은 어김없이 찾아왔다. 온 산을 울긋불긋 수놓던 단풍잎이 어느새 한 잎 두 잎 떨어졌다. 산이 제 알몸을 드러내기 시작했고, 넓은 강은 말라가더니 드디어 강바닥에 자갈이 하얗게 속살을 드러내 보였다.

1960년에 접어들면서 북한은 무장공비 침투를 본격화하고, 우리 군의 전방 초소를 침투 도발하는 일이 비일비재했다. 부분적으로 철조망을 친 초소로 전방을 경계하던 전선은 조용한 날이 없었다. 전선의 사단들은 훈련보다 간첩 수색 작업에 골몰해야 하는 어처구니없는 일이 벌어지고 말았다. 적의 도발에 효과적으로 대응하기 위해서는 적의 침투 경로나 동선을 파악할 수 있어야 하지만 속수무책이었다. 당시 우리나라에는 철조망을 만드는 공장이 없었다. 고심 끝에 전방 초소를 연결하는 목책을 세우기로 하였다.

그러던 어느 날, 나는 소대원을 데리고 목책용 참나무를 베러 나섰다. 장정 키의 두서너 배 길이에다 굵은 나무라야 했다. 다른 나무에 비해 결이 세어 보통 칼로는 베기가 어려웠다. 그래서 특별히 제작한 장도長刀를 써야 했다. 초승달 모양으로 생긴 시커멓고 묵직한 칼이었다.

우리가 도착한 비탈진 산골짜기에는 쓸 만한 참나무가 빽빽하게 들어서 있었다. 작업이 시작되기 전에 주의 사항을 일러주었다.

"첫째, 칼을 쓰기 전에 반드시 주위를 확인할 것.

둘째, 경사가 심하니 미끄러지지 않도록 조심할 것."

소대장의 당부가 끝나자 분대별로 흩어져 나무를 베기 시작했다. 나무와의 전쟁인 셈이었다. 잘라낸 나무를 한곳에다 모았다. 잠시 휴식을 취한 다음 취사용 땔감을 마련하기 위해 삭정이를 주워 모았다. 새끼로 단단히 묶어 한 사람씩 어깨에 메고는 부대를 향해 출발했다. 흡사 상단의 보부상들이 길을 나서는 모양새였다. 어느덧 해가 서산에 걸려 있었다.

그런데 이게 웬일인가. 그사이에 우리가 건너왔던 강바닥에 군용 텐트가 가지런히 쳐져 있고, 텐트 위로 연기가 하얗게 피어오르고 있었다. 미군 부대가 야간훈련을 하러 나온 모양이었다.

되도록이면 미군 부대를 피해 돌아가려 했지만 돌아갈 길이 만만치 않았다. 하는 수 없이 미군 부대를 통과해야만 했다. 허름한 군복에 땔감을 메고 힘겹게 행군하고 있는 초라한 우리 모습이 저들의 눈에 어떻게 비춰졌을까 생각하니, 돌아오는 길 내내 발이 저리고 온몸이 죄어 오는 것만 같았다. 가난한 나라의 군인이 겪어야 할 비애로만 치부하기엔 너무나 부끄럽고 감당하기 어려운 일이었다.

배고픔에 시달리는 병사들을 보다 못해, 하루는 취사장에 들러 밥 짓고 배식하는 과정을 지켜보았다. 한쪽에서는 가마솥 안에 대고 삽으로 이리저리 저어 가면서 쌀 반 보리 반 밥을 짓고 있고, 다른 쪽에서는 물이 반쯤 찬 가마솥에 꽁꽁 언 꽁치 궤짝을 삽으로 내려치니 꽁치가 통째로 쏟아지며 온갖 잡티도 함께 들어갔다. 굵은 것은 건져내지만 작은 것은 그대로 들어갔다. 병사들의 음식은 그렇게 만들어졌다.

이리 부딪치고 저리 긁혀 찌그러진 양은 밥그릇을 내밀면 배식하는 취사병의 밥 푸는 솜씨는 가히 환상적이었다. 주걱으로 밥을 살짝 올려놓고 살살 피우는 솜씨가 일품이어서, 막사에 돌아온 병사들이 마룻바닥에 밥그릇을 털썩 내려놓으면 밥은 폭삭 가라앉고 말았다.

그렇게 군 생활을 마치고 무사히 제대했다. 그리고 많은 세월이 흘렀다. 아들이 소대장으로 근무하던 경기도 파주의 한 전방 부대에 위문차 갔다. 주말이어서 편한 복장으로 막사 주위를 돌아다니는 병사들을 보는 순간, 놀랐다. 영양식으로 닭고기도 종종 나오는가 하면, 간식으로 나오는 라면이 남아돌아 내무반 한쪽 구석에 쌓여 간다는 말에 또다시 놀랐다. 얼굴에 생기가 돌고 편안해 보이는 병사들을 보는 순간 불현듯 배고파하던 옛 소대원 생각이 났다.

가물거리는 기억을 더듬어 본다. 누더기 군복에 땔감을 지고 미군 부대 앞을 통과해야 했던 고통, 적을 눈앞에 두고 허기와 싸워야 했던 그 자리에 이제는 포만과 자유가 대신 자리를 잡았다. 아버지와 아버지의 아버지 세대가 일구어 낸 피와 땀의 결실이리라.

고단한 세상살이에 잊고 지낸 지 오래되었어도 함께했던 소대원의 면면이 아련히 떠오른다. 꿈에서라도 만난다면 요즘의 풍요로운 병영 생활을 화제 삼아 가난했던 옛일을 추억하고 싶다. 가슴 한구석에 묻어 둔 아프고 서러운 기억을 이제는 훌훌 털어내고 싶다.

국민소득 100불 시대의 소대장 아버지가 국민소득 1만 3천 불 시대의 소대장 아들을 만나고 오면서 느낀 감회였다.

어린 인민군 병사

초등학교 3학년 때 일이다. 그날도 나는 여느 때처럼 뒷산에서 소를 놓아먹이고 있었다. 동네 뒷산은 높지도 급하지도 않은 야산이었다. 나무라고 해 보았자 키 큰 소나무와 굴참나무 몇 그루가 산을 지키고 있을 뿐, 산기슭에 싸리나무와 진달래가 듬성듬성 있는 게 전부였다.

늦은 오후 하늘에는 옅은 구름이 길게 늘어져 있었고, 새소리만 간간이 들릴 뿐 인기척이라곤 없었다. 심심하던 차에 공기놀이를 할 만한 작은 돌멩이를 찾고 있는데, 동네 아저씨 한 분이 급하게 산을 오르고 있었다.

"난리가 났어. 얼른 피란 가야 해."

한마디 툭 던지고는 황급히 산을 넘어갔다. 산 너머에도 작은 동네가 있었다.

'난데없이 웬 난리?'

어린 나이에도 큰 충격이었다. 정신을 차리고 보니 겁이 덜컥 났다. 아저씨의 행동으로 보아 무슨 큰일이 벌어진 게 틀림없었다. 소를 몰아 곧장 집으로 돌아왔다. 아버지와 어머니도 이미 소식을 들었는지 물건들을 챙기느라 허둥대고 있었다. 피란을 가야 한다고 했다.

우리 마을은 삼팔선에서 천여 리나 떨어진 곳인데, 천천히 준비해도 되련만 인민군이 어느 틈에 인근 마을까지 쳐들어온 모양이었다. 라디오조차 귀하던 시절이라 통신 수단이 절대적으로 부족한데다, 어쩌다 듣게 되는 대통령의 대국민 담화는 한결같았다.

"국군이 잘 방어하고 있으니 동요하지 말라."

무지한 국민들의 귀를 막았으니, 코앞에 들이닥친 인민군 앞에서 우왕좌왕할 수밖에 없었다.

아버지와 어머니의 손길이 바빠졌다. 어머니가 대충 챙겨 준 작은 보따리를 짊어지고 피란길에 올랐다. 낙동강 지류인 강은 무릎까지 물이 차올랐다. 동생 손을 꼭 잡고 강을 건넜다. 집에서 고작 1킬로미터 떨어진 작은 마을이 피란처였다. 동네 한가운데 있는 정자에 짐을 푼 것이 피란

살이의 시작이었다. 이십 호 남짓한 마을 뒤쪽으로는 콩밭이 있고, 논에는 벼이삭이 따가운 볕을 받으며 익어 가고 있었다.

보따리를 풀어보니 가지고 온 것이라고는 약간의 쌀, 고추장, 깐마늘 그리고 몰고 온 소가 전부였다. 부모님과 다섯 형제가 먹고 견디기에 턱없이 부족했다. 정신을 미처 수습하기도 전에 눈앞에 들이닥친 현실 앞에 부모님은 아연실색했으리라.

그곳에서도 어린 내가 할 수 있는 일이라고는 야산에 소를 풀어놓고 먹이는 일이었다. 전쟁이 얼마나 참혹하고 무서운 것인지 전혀 모르고 있던 나는, 거기서도 또 철없이 공기놀이 생각이 나서 공깃돌 찾기에 정신이 팔렸다.

그때였다. 거무스름한 무스탕 전투기 한 대가 머리 위로 나타나더니 정자 뒤 강가에 폭탄을 떨어뜨렸다. 곤봉처럼 생긴 거무스레한 물건이 전투기에서 떨어지자 시커먼 연기와 함께 시뻘건 불꽃이 하늘로 치솟았다. 동남쪽으로 진군하던 인민군은 혼비백산하여 순식간에 대열이 흐트러지고, 강물로 뛰어드는 자, 강변으로 도망치는 자들로 삽시간에 아수라장으로 변했다. 그것이 내가 본 전쟁의 첫 장면이었다. 무섭다는 생각이 들긴 했지만, 한편으로는 스릴이 넘치기도 했다.

집에 돌아온 그날 오후, 나는 또 한번 낯선 장면을 마주하게 되었다. 정자에 앉아 무심코 콩밭을 보고 있는데, 인민군 한 사람이 손에 총을 바짝 움켜쥐고 낮은 자세로 콩밭 고랑을 따라 이동하고 있었다. 나는 소스라치게 놀랐다. 그러나 난생처음 보는 장면이 어쩌면 만화에 나오는 전쟁놀이 같다는 생각이 들기도 했다.

얼른 할아버지가 계시는 옆집으로 도망쳤는데, 하필이면 그 인민군이 대문으로 막 들어서고 있었다. 푸르스름하고 헐렁한 군복에 총을 메고 있었다. 군모 밑으로 보이는 얼굴은 앳돼 보였고 지친 기색이 역력했다. 총 개머리판이 땅에 닿을락 말락 했다. 마루에 걸터앉아 있던 할아버지가 엉거주춤 일어섰다. 인민군은 다짜고짜 할아버지께 말했다.

"밥 좀 주세요."

할아버지가 침착하게 대답했다.

"여기 마루에 앉으시오."

이내 반찬 두어 가지와 밥 한 그릇이 소반에 차려져 나왔다. 총을 마루 기둥에 기대어 놓은 인민군은 밥 한 그릇을 게 눈 감추듯 금세 비웠다. 나중에 알고 보니 그 총은 소련제 장총이었다. 인민군은 식사를 마치고 일어서면서 할아버지께 꾸벅 절을 했다.

"어서 가시게."

별로 주위를 의식하지도 않고 그는 천천히 걸어 동네를 벗어났다.

그가 다녀간 다음 날 새벽부터 시오리쯤 떨어진 영천읍 쪽에서 콩 볶는 소리가 종일 이어졌다.

"따닥따닥, 따다닥…"

한 사흘은 계속된 것 같았다.

겨울이 되면 가마솥에 검정콩을 자주 볶아 먹었는데 검정콩이 튀면서 나던 소리와 흡사했다. 훗날 안 일이지만 영천 전투는 낙동강 방어선 격전지 중의 하나였다. 그 최후 방어선 전투에서 패한 인민군은 주력이 무너져 퇴각하기 시작했다. 엎친 데 덮친다고 맥아더 장군의 인천 상륙 작전이 성공하자 인민군의 퇴로는 완전히 끊어졌다. 전의를 잃은 인민군은 뿔뿔이 흩어진 채 북쪽으로 달아날 수밖에 없었을 것이다.

어느 날 나는 아침 일찍 집을 나섰다. 인민군이 퇴각하는 산골짝 입구에 자리를 잡고 앉았다. 골짜기에서 퇴각하는 인민군 부상병들이 수도 없이 쏟아져 나왔다. 머리에 두른 붕대가 피로 물든 사람, 한쪽 다리를 목발에 의지한 채 절뚝거리며 걷는 사람, 아예 들것에 실려 가는 사람 등 부상병 행렬은 해가 저물도록 이어졌다. 그들 틈에 혹시 밥을 얻어먹고 간 어린 인민군이 있는지 눈을 크게 뜨고 살펴보았지만 보이지 않았다.

세월이 많이 흐른 지금도 가끔 그 사람이 생각날 때가 있다. 그도 어느 집의 귀한 자식이었을 것이다. 천 리가 넘는 먼 길을 살아서 돌아는 갔는지 궁금하다.

"누구를 위한 전쟁이었던가?"

북쪽 하늘을 바라보며 물어본다.

뒤늦게 핀 꽃

이른 아침 창문을 열면 길 건너 상가 옥상에 삼색 사인 볼이 돌아간다. 이발소에 으레 달아 놓는 회전등이다. 아침 7시 30분이면 어김없이 이발사의 하루 일과가 시작된다. 그는 화요일만 빼고 이발을 한다.

몇 해 전 분당으로 이사 왔을 때 마음에 드는 이발소를 찾느라 꽤나 고생했다. 블루클럽에도 가보고 미용실에도 가보았지만 마음에 드는 곳이 없었다. 머리숱이 적어 가위질 몇 번이면 끝나지만, 이발할 때마다 신경이 쓰이는 것은 어쩔 도리가 없다.

한 달에 한 번은 꼭 치러야 하는 행사이므로 우선 집에서 가까워야 하고, 손님을 맞이하는 태도나 머리 만지는 솜씨가 부드러우면 좋고, 손님이 많지 않아 기다리는 시간이 지루하지 않으면 더욱 좋다.

이사 온 지 여러 달이 지난 어느 날, 상가 2층에 있는 이발소로 갔다. 입구에 늘어뜨린 발을 제치고 들어서니 하얀 가운을 걸친 칠십 대 초반의 노인이 반갑게 맞아 주었다. 좀 작은 키에 동그스름한 얼굴에는 잔잔한 미소가 번졌다.

여덟 평쯤 되는 실내에는 이발 의자 두 개에 손님 대기용 장의자가 뒤쪽 벽에 기대 있었다. 기다리는 손님은 없었다. 수인사를 나누고 노인이 권하는 대로 의자에 앉으니, 먼저 골드스타 TV가 눈에 들어왔다. 좌측 전면 구석진 벽에 올라앉아 정오의 뉴스를 내보내고 있었다. 화면이 볼록하게 튀어나오고 뒤쪽도 브라운관 때문에 툭 튀어나왔다. 골동품점에나 가야 볼 수 있는 물건이었다. 손때가 묻은 것이 노인의 얼굴을 닮았다. 손님 중 한 분이 새것으로 바꿔 주겠다고 했지만 고집스럽게 지금껏 애용하고 있단다.

의자에 앉은 채 눈을 감았다. 빗으로 머리를 고른 다음 가위질을 하는데, 손가락이 닿을 듯 말 듯 감촉이 부드러웠다. 세상 돌아가는 이야기를 하면서도 말을 자제하는 태도가 좋아 보였다. 집에 돌아와 거울을 보니 눈에 거슬리는 데가 없었다. 그제야 안심이 되었다. 드디어 단골 이발소를 찾은 것이다.

그 이발소를 오가며 여러 번 해가 바뀌었고, 노인은 내게 친구로 다가왔다. 내 머리칼이래야 민둥산에 소나무 몇 그루 서 있는 꼴이어서 가위질 몇 번에 다 잘려 나가니 이발은 금방 끝난다. 덤으로 코털과 눈썹을 정리해 주고, 뒷머리는 면도로 마무리해 준다.

어느 날 그의 자서전이 실타래 풀리듯 줄줄 이어졌다.

그는 가난한 시골 농부의 아들로 태어났다. 태어나던 해 온 가족이 서울로 이사를 했다. 초등학교를 졸업하고 동네 이발소에 들어가 허드렛일을 하며 집안 살림에 보탬이 되고자 했다.

그럭저럭 열여섯 되던 해 전국 노래자랑대회가 열린다는 소문을 듣고 용기를 내어 참가한 것이 입상의 영광을 안게 되었다. 그후 어느 날 쇼단에서 섭외가 들어왔고, 호기심에 쇼단 단원이 되어 생각지도 않았던 낯선 길로 들어서게 되었다.

쇼단 생활은 가시밭길이었다. 전국을 돌며 순회 공연을

할 때마다 뒷전에서 허드렛일을 도맡아 했다. 어쩌다 주연 가수가 펑크를 내면 대역으로 무대에 서는 게 고작이었다. 흥행이 잘되는 날도 있었지만 그렇지 못할 때는 잠자리는 말할 것도 없고 끼니조차 거르는 일도 있었다. 게다가 툭하면 날아드는 단장의 욕설과 구타에 몸은 지칠 대로 지쳐 참다못해 쇼단을 뛰쳐나왔다.

일찍이 배워 둔 이발 일을 하면 최소한 배고픔은 면할 수 있을 것 같아 3년여 만에 다시 이발소로 돌아온 것이다. 의지할 데라고는 그곳밖에 없었다. 아침 일찍 일어나 이발소 문을 열고 청소하고 이발도구를 손질하면서 주인을 도와 이발 기술을 하나하나 익혀 갔다.

그러던 중 서울시청에서 1급 이발사 기능시험 공고가 나붙었고, 거기에 응시했다. 합격자를 발표하던 날, 아침 일찍 시청으로 갔다. 두근거리는 가슴을 진정하고 합격자 명단을 하나하나 읽어 내려가다가 자신의 이름을 발견하고는 그만 그 자리에 주저앉아 한참을 울었다. 어엿한 1급 이발사가 되어 좋아했는데, 일하던 이발소가 폐업하는 바람에 다른 곳에 일자리를 찾아야 하는 난관에 부딪혔다. 할 수 없이 보따리 이발에 나서기로 했다. 하나 남은 자존심을 땅에 내려놓고 장터로 동네로 따가운 시선을 받으며 일한다는 것이 너무 힘들었다.

그러던 중 알고 지내던 한 노신사의 소개로 을지로에 있는 이발소에서 새 출발을 하게 되었다. 얼굴을 들고 일하는 것이 행복했다. 보따리 이발로 다져진 열정은 입소문을 타고 퍼졌고, 서울 한복판인 롯데호텔 지하사우나에서 일했다. 정·재계 유명 인사들이 드나들면서 이발 솜씨는 더욱 빛을 발했다.

그즈음 결혼을 하고 남의 집 문간방에서 신혼살림을 차렸다. 신혼의 단꿈에 빠질 때였지만, 한 가족을 책임져야 한다는 생각에 밤잠을 설치곤 했다. 어느 날 아내에게 어렵사리 말을 건넸다.

"우리 한 3년 고생하면서 살면 안 될까? 쌀을 한 됫박씩 사다먹느니 국수로 견디며 집 살 종잣돈 한번 만들어 봅시다."

뜻밖의 제안에 선뜻 대답을 못하던 아내가 퇴근하고 오니 힘을 모아 보자고 했다. 그날 밤 아내를 부둥켜안고 뜨거운 눈물을 흘렸다. 아내는 힘겨운 내조를 하면서도 남편을 믿고 따라주었다. 만 3년이 되던 날, 드디어 아내와 했던 약속이 결실을 맺었다. 당시 웬만한 기업체 직원 20개월치나 되는 종잣돈을 손에 쥐게 되었다. 이발하면서 받은 팁까지 보태서 변두리에 작은 집을 장만했다.

아이들이 자라면서 자립을 해야겠다고 생각하고 이곳저곳을 물색하던 중 이곳 분당에 자신의 일터를 마련했다. 남부럽지 않게 남매를 시집 장가 보내고 나니 어느덧 그는 초로의 노인이 되어 버렸다. 나는 누구인가. 무엇을 위해 여기까지 왔는가. 주위를 돌아보며 수없이 자문한 끝에 이제는 재능 기부를 하면서 살아야겠다고 생각했다.

긴 세월 꾹꾹 눌러 온 노래 솜씨를 아무도 모르게 다듬어 갔다. 이른 아침 길을 나서면 청계산 기슭에서 목에 피가 나도록 목청을 가다듬었고, 이발소 문을 열기 전에도 녹음기를 틀어놓고 노래 연습을 했다. 무대에 서기 위해서는 곡이 몸에 배도록 연습을 하는 길밖에 없었다.

결혼 50주년 되던 날, 아내 앞에서 숨겨 온 과거사를 털어놓으면서 나훈아의 '고향역'을 불렀다. 노래가 끝나기 무섭게 아내가 그랬다.

"당신 참 지독하네요. 바늘로 찔러도 피 한 방울 안 날 사람이오."

함께 살아오면서도 아내는 남편이 쇼단의 가수였다는 사실을 전혀 눈치채지 못했다. 섭섭하다 못해 배신감마저 느낀 아내가 토라져서 한동안 말 섞기를 꺼렸지만, 지금은 든든한 후원자가 되었다. 그는 '구구팔팔'이라는 20인조 악단 단원이 되어 이발소를 운영하면서도 틈틈이 재능 기부를 하고 있다.

이야기를 마친 그의 표정이 편안해 보였다. 직업의 귀천을 입에 올리던 시절, 아무도 쳐다보지 않았던 이발사의 길을 천직으로 알고 그는 묵묵히 한길을 걸어왔다. 가난을 피해 잠시 몸담았던 악단의 눈물 젖은 빵, 보따리 이발의 아픔이 자양분이 되어 이제 한 송이 꽃으로 피어났다. 마치 비바람을 이기고 늦게 핀 꽃을 보는 것 같다.

열심히 자기 삶에 충실하다 보면 생애는 풍성해지는 것이리라.

제4부

떡국 한 그릇의 온기

뒷산엔 참나무가 빽빽이 들어차고 앞으로는 도랑 너머
넓은 들이 펼쳐진 곳에 고향집이 있다. 부모님이 돌아가시
자 빈집은 해가 갈수록 기울더니 무너지기 시작했다.

그냥 두고 볼 수 없어 동생들과 의논한 끝에 날을 잡아
집을 허물기로 했다. 약속한 날 포클레인이 마당으로 들어
왔다. 육중하고 날카로운 이빨이 이리저리 휘젓고 지나갈
때마다 집은 속절없이 허물어져 내렸다. 일곱 식구의 보금
자리를 지탱해 주었던 기둥과 서까래가 제 할 일을 다하고
몸을 내려놓는 순간이었다.

집 두 채가 순식간에 온데간데없이 사라지고 마당이 휑
했다. 그러나 추억은 오롯이 내 가슴속으로 옮겨 와 살
고 있다. 반지르르 윤이 나던 대청마루며 그 마루 끝에서

바라보던 푸른 들녘을 잊지 못한다. 아침마다 건너오던 싱그러운 바람이 코끝을 스친다.

지금도 크고 작은 일이 생겨 일가친척이 살고 있는 고향에 가야 하는 일이 종종 있다. 그럴 때면 나는 고향집에서 이십여 리 떨어진 영천 시내에서 하룻밤을 묵고 이튿날 고향으로 가서 볼일을 본다.

그때마다 음식 때문에 늘 고생을 했다. 오랜 외지 생활에서 싱거운 음식에 길들여진 터라, 짜고 매운 고향 음식이 더는 맞지 않았다. 그래서 이 골목 저 골목 돌아다녀 보았지만 입에 맞는 음식을 찾지 못하여 마음고생이 심했다.

그러던 차에 우연히 눈에 들어온 식당이 '별빛촌'이었다. 아담한 단층집에, 마당 어귀 커다란 바위에 '시루방'이란 글자가 새겨져 있고, 자갈이 깔려 있는 마당에 디딤돌이 듬성듬성 놓여 있었다. 마당 한쪽에는 나무로 만든 3층짜리 화분대 위에 갖가지 화초가 자라고 있었다. 변화의 물결에서 비껴선 작은 도시에 집을 곱게 가꾸는 사람이 있다는 사실이 고마웠다.

현관문을 열고 들어서다 나는 멈춰서고 말았다. 식탁이며 의자가 있어야 할 자리에 한과가 진열되어 있었다. 자세히 보니 계산대 옆에 나지막한 마루가 있고 4인용 식탁 두 개가 놓여 있었다. 음식점이 아닌 것 같기도 했지만 혹시나 하고 물어보았다.

"식사할 수 있어요?"

"예, 됩니다."

마루에 앉으니 조용한 시골 분위기에 마음이 편안했다. 차림표에는 콩나물밥, 된장찌개 그리고 한두 가지 음식이 더 있었다. 콩나물밥을 주문했다. 맞은편 진열대에 놓인 한과를 보고 있는 사이에 음식이 나왔다. 종지에 담긴 양념장과 두어 가지 반찬이 곁들여 나왔다. 깔끔하고도 정갈한 솜씨가 엿보였다. 식사 도중에 주인아주머니가 들여다보고는 말했다.

"더 필요한 게 있으면 말씀하세요."

맑은 얼굴에 나지막한 목소리가 정겹게 들렸다. 오랜만에 콩나물밥을 대하니, 어머니가 해 주시던 콩나물밥이 생각나 더욱 맛이 있었다. 그 집을 만난 건 행운이었다.

그 후 시골에 갈 때면 꼭 그 집에 들렀다. 음식이 깔끔하면서도 맛이 좋을 뿐만 아니라, 특히 손님을 맞이하는 아주머니의 따뜻한 마음씨가 돋보였기 때문이다.

어느 날 일이 생겨 시골로 향했다. 고속도로 휴게소에서 저녁 식사를 할 수도 있었지만, 차를 급히 몰아 그 집으로 갔다. 이미 해는 지고 어둠이 짙게 깔린 시각이었다. 음식 주문을 하려고 하는데 식사 손님은 받지 않는다고 했다. 그 늦은 시간에 어딜 가야 할지 막막했다. 힘없이 되돌아 나오는데 등 뒤에서 나지막한 목소리가 들렸다.

　"식사하고 가세요."

　귀를 의심하며 뒤돌아보니 주인아주머니가 짙은 어둠이 내린 문간에 나와 서 있었다. 빨려 들어가듯 가게 안으로 들어가 보니, 한과를 만드는 일꾼인 듯한 너덧 사람이 늦은 저녁을 먹고 있었다. 그들 옆자리에 앉았더니 금방 음식이 나왔다. 떡국이었다. 한 그릇을 후딱 비우고는 계산대로 가서 식대를 지불하려 하자 주인아주머니가 달려나와 한사코 사양했다.

　"그냥 가세요."

　하는 수 없이 고맙다는 말을 남기고 나왔다. 가슴 밑바닥으로부터 한 줄기 샘물이 솟구쳤다. 일꾼들 저녁을 먹이면서 떡국 한 그릇을 더 얹는 것은 그리 대수롭지 않은 일일 수도 있다. 그러나 고단한 하루 일과 끝에 늦은 저녁을 먹으면서도, 남의 처지를 헤아려 준 주인아주머니의 속 깊은 배려는 아무나 할 수 있는 일이 아니다. 남에게 인정을 베푸는 일에는 용기가 필요하고 수고로움이 따른다. 마음에서 우러나오는 것은 크든 작든 큰 울림으로 돌아온다.

떡국을 먹고 나오다 말고 한과 몇 봉지를 샀다. 돌아와 맛을 보니 촉촉하고 향이 은근한 것이 주인아주머니의 마음씨를 꼭 닮은 것 같았다.

따뜻한 배려는 돈으로 살 수 없는 값진 선물이었다. 주인아주머니가 내민 떡국 한 그릇에는 사람의 향기가 담겨 있었다.

우리 동네 두 채소가게

이사 온 지 얼마 되지 않아 채소가게를 찾아 나섰다. 먼저 눈에 띈 곳은 한 자연식품 가게였다. 어느 협동조합이연 매장이었다.

자연식품이란 말에 이끌려 가게 안으로 들어섰다. 널찍한 매장이 편안한 느낌을 주었다. 반듯한 진열대에는 채소를 비롯한 여러 가지 식품들이 잘 정돈되어 있어서 원하는 물건을 쉽게 고를 수 있을 것 같았다.

그런데 채소 코너를 돌아보니 의외로 너무 빈약해 보였다. 게다가 사려던 풋고추와 상추는 생기가 없고 시들시들해 보였다. 손님들도 별로 눈에 띄지 않아 한산했다. 내키지 않았지만 고추와 상추를 들고 계산대로 갔다. 값을 치르려고 하는데 점원이 말했다.

"회원증 보여 주세요."

"회원증이라뇨?"

"물건을 구입하려면 회원증이 있어야 합니다. 회원증을 받으려면 본사에서 2시간 교육을 받아야 합니다."

하는 수 없이 사려던 물건을 도로 놓고 가게를 나섰다. 씁쓸한 기분을 지울 수가 없었다. 거절당하는 것만으로도 마음이 불편한데, 점원의 무표정한 얼굴과 건조한 말씨에 속이 더 상했다. 찾아오는 손님을 고객으로 만들려고 노력해야 하지 않는가. 웃는 얼굴로 상냥하게 설명해 주었더라면 얼마나 좋았을까. 비록 원하는 물건을 사지 못하더라도 친절함은 오래 기억에 남을 것이다.

경기가 바닥을 헤매고 있는 요즈음 찾아오는 손님을 내치는 콧대 높은 가게가 있다니 어처구니가 없었다. 일반인에게는 조금 비싸게 팔고 대신 회원들에게는 혜택을 주면 될 것을….

옆에 있는 낡은 상가의 채소가게에 들렀다. 젊은 부부가 하는 그 가게는 마치 시골 장바닥에 임시로 차려놓은 난전 같았다. 진열대라곤 바닥에 내려놓은 나무상자 몇 개와 벽에 붙인 판자가 전부였다. 물건을 둘러보니 조금씩이

긴 해도 채소 종류가 다양하게 갖추어져 있었다. 손님들도 끊이지 않았다.

최근 신문에 보도된 기사가 생각났다. 무농약 채소와 일반 채소의 농약 사용량을 비교해 보았는데 별반 차이가 없다고 한다. 그럴 바엔 굳이 무농약 식품을 고집할 이유가 없다는 생각이 들었다.

채소를 둘러보고 있는데 남편이 차로 실어온 종이 박스를 바닥에 내려놓고 풀어 헤치고 있었다. 들여다보니 풋고추였다. 아마 가락동 농수산물시장 같은 곳에서 떼어 온 모양이었다. 그것을 일반가게보다 조금 싸게 파는 것 같았다. 물건값이 싸니까 손님이 이어지고, 오래 두고 파는 물건이 없으니 싱싱한 물건이 눈을 끄는 것은 당연했다.

아내는 몸은 조금 더 고단할지 몰라도 손님맞이에 시간 가는 줄 모르는 것 같았다. 싱싱하고 값싼 채소를 주부들이 놓칠 리 만무하다. 기껏해야 몇천 원을 내고 가는 손님들이지만 아낙은 웃음으로 손님을 맞이했다. 피곤한 기색이 없는 밝은 미소에 상냥한 말씨를 듣고 있노라면 나도 모르게 다시 오고 싶은 생각이 들었다. 나는 싱싱한 채소에다 젊은 부부의 친절을 덤으로 얻어 온 셈이다.

며칠 후 우연히 그 가게 앞을 지나게 되었다. 머리가 하얀 할머니가 쪼그리고 앉아 당근 봉지를 만지작거리며 아낙을 쳐다보고 말을 걸었다.

"당근 크기가 좀 작아 보이는데 한 개만 더 얹어 줘."

"할머니, 그 당근 제주도에서 막 올라온 걸요. 땅에 꽂아 놓으면 금방 싹이 틀 겁니다."

아낙의 말에 할머니가 빙긋이 웃었다. 함께 웃고 있던 아낙은 박스에서 당근 한 개를 꺼내 할머니가 들고 있는 비닐봉지에 담아 주었다. 가게를 나서는 할머니의 발걸음이 한결 가벼워 보였다.

웃음을 잃지 않고 손님을 대한다는 것은 쉬운 일이 아니다. 아낙은 변변하게 쉴 공간조차 없는 매장에서 선 채로 손님을 맞이하고 있었다. 남편은 차를 몰고 물건을 사다 나르기에 바빴고, 얼굴은 검게 타 있었다. 삶의 현장을 어떻게 지켜내는지 알 것 같았다.

젊은 부부는 살아가는 길을 제대로 찾은 것 같다. 머지않아 가게가 번창할 날이 반드시 올 것이다. 오늘을 열심히 살아가는 젊은 부부를 보고 있노라니 내 자식처럼 대견하고 든든했다.

'청진동해장국집'을 그리며

　광화문에 있는 교보문고에 갔다. 볼일을 보고 나오는데 속이 출출했다. 어디서 점심을 먹을까 망설이다가 문득 '청진동해장국집'이 생각났다. 그리로 가보기로 했다.

　그 집은 지금의 교보빌딩 뒤편 '피맛골' 주위에 있었다. 근처에 쌍용그룹 회사가 있었는데, 내가 직장 생활을 시작한 곳이었다. 그래서 젊은 시절을 함께 보내면서 고향처럼 정이 든 곳이기도 하다.

　1960년대 중반이었다. 청진동 바로 옆에 재무부가 있었다. 그 건물 뒷골목 담벼락에 낡은 버스 한 대가 바짝 붙어 있었다. 나중에 안 것이지만 라면을 끓여 팔고 있었다. 당시에는 라면이 막 대중의 입맛을 파고들던 때라 점심 시간이 되면 친구들과 어울려 종종 찾아갔다. 버스 안 간이 식탁에 앉아 양은 냄비에 보글보글 끓인 라면 위에 계란 한 알을 얹어 먹던 맛은 참으로 고소했다. 주머니가 가벼운 월급쟁이가 점심 한 끼를 해결하기에 안성맞춤이었다.

청진동과 인접한 무교동에는 낙지로 입소문이 자자한 골목이 있었다. 종로 확장공사로 지금은 사라졌지만, 옛 광화문우체국 뒤편 좁은 골목에 낙지집들이 다닥다닥 붙어 있었다. 내가 찾는 낙지집도 거기 있었다. 갈 때마다 사람들로 붐볐다. 낙지를 주문하면 붉은 고춧가루에 범벅이 된 낙지가 접시에 소복이 담겨 나왔다. 보기만 해도 땀이 났다. 그걸 먹을 때면 입천장이 타들어 가는 것 같고, 눈물이 났지만 한 그릇을 다 비웠다.

한번은 태평로 한국모방에 근무하는 친구를 불렀다. 내가 가장 좋아하는 친구다. 함께 낙지를 먹으며 그 매운 것을 다 먹고 남은 국물에 밥까지 비벼 둘이서 다 먹었다. 그 친구를 만나면 지금도 이야기하곤 한다.

"그 낙지 먹고 사흘 동안 배가 아파 고생했어."

그땐 내색하지 않았지만 사실 나도 다음날 배가 아파 고생 좀 했다면서 서로 웃곤 한다.

지금의 교보생명 뒷골목 피맛골은 한 사람이 겨우 지나

다닐 수 있는 좁은 골목이었다. 10여 년 전까지만 해도 빈대떡 냄새가 진동하는가 하면, 아예 생선 굽는 석쇠를 좁은 길바닥에 내다놓고 왕소금을 뿌려가며 고등어, 갈치 등 생선을 통째로 구웠다. 생선 굽는 구수한 냄새와 숯불에 익어 흰 살이 툭툭 불거져 나온 전어구이나 고등어구이를 보면 그냥 지나치기가 어려웠다.

이런저런 생각을 하다 보니 어느새 '청진동해장국집' 골목 앞에 이르렀다. 그런데 골목에 들어서다 말고 발길을 멈추고 말았다. 마치 폭격을 맞은 듯 건물 잔해들이 골목 여기저기에 나뒹굴고 있었다. 골목 한편에 늘어서 있던 나지막한 기와집들, 절반은 이미 뜯겨 나가 흔적도 없이 사라졌다. 그 난장판 속에서 '청진동해장국집'은 지붕이 헐린 채 서까래가 하늘로 치솟아 있었다.

종로구 청진동 하면 떠오르는 것이 해장국이다. 해장국집 주위에는 다양한 술집이 모여 있었다. 막걸리, 동동주, 소주, 맥주 거기에다 고량주는 자주 찾던 메뉴였다. 술이 술을 먹는 줄도 모르고 통금 시간을 재가며 술을 마셨다. 이들 술집 손님 대부분이 그 집 단골손님들이었으니 위세가 당당했다. 장안의 술꾼이라면 그 집 문턱을 넘어 보지 않은 이가 없었을 것이다.

허름한 알루미늄 새시 문짝을 밀고 들어서면 울퉁불퉁
한 흙바닥이 정신 차리라며 인사를 건넸다. 바닥 위에 대
충 놓아 둔 긴 나무 식탁과 의자, 그리고 제멋대로 생긴
나무 기둥에 간신히 버티고 선 허름한 집이 '청진동해장국
집'이었다.

선지를 듬뿍 넣고 쑹덩쑹덩 썬 대파와 콩나물이 들어
간 해장국은 담백하고 칼칼해서 배를 든든하게 채워 주
고 쓰린 속을 달래기에 제격이었다. 술기운에 눈이 부스스
한 술꾼들이 깍두기를 곁들인 해장국 한 그릇을 게 눈 감
추듯 먹어치우고는 몸을 추스르던 그곳. 술을 마실 때마
다 그 집을 드나들다 보니 저절로 단골이 되었다. 정신없
이 먹다 보면 덤으로 슬며시 옆에다 놓고 가는 따끈한 해
장국 국물에는 주인아주머니의 정이 담겨 있었다.

여기에 뒤질세라 해장국집 맞은편에는 '열차식당'이라
는 빈대떡 집이 있었다. 퇴근 시간 시장기가 돌 때면 친구
들과 들르곤 했던 곳이다. 때가 낀 벽에 붙여 놓은 판자가
식탁이었다. 물론 의자는 없었다. 빈대떡에 막걸리 한 사발
을 먹다가 뒤돌아보면, 그쪽도 형편은 마찬가지였다. 서로

돌아선 사람들 사이로 마치 곡예하듯 빈대떡과 막걸리를 나르는 이가 바삐 움직였다. 국민소득이 채 백 불도 안 되던 시절이라 그곳에는 신입사원도 부장도 사장도 그저 같은 손님일 뿐이었다. 빈대떡에 막걸리 두어 사발 마시고 나면 천하에 부러울 것이 없었다.

맞은편 골목을 살짝 돌아가면, 꼬불꼬불 좁은 길에 허름한 한정식 집이 있었다. 생긴 모양새와는 정반대로 내어놓은 음식 맛이 옛날 어머니의 손맛이었다. 그래서 인근에 있는 친구들과 자주 그 집을 찾았다. 한잔 술로 서로를 위로하며 직장 생활의 고달픔을 달래던 곳이었다. 직장을 떠나 뿔뿔이 흩어진 후에도, 옛날 생각이 날 때면 우리는 가끔 그 집을 찾았다. 밤늦도록 둘러앉아 이야기꽃을 피우면서, 긴 세월 동안 끈을 놓지 않고 다니던 곳이었다.

그런 청진동이 무너져 있었다. 내 가슴도 함께 무너져 내렸다. 하늘로 치솟은 앙상한 서까래, 뜯다 만 벽과 기왓장 조각들이 마지막 힘을 다해 고통을 견디고 있는 것만 같았다. 바로 옆에 납작 엎드려 있는 몇 채 안 남은 구옥들은 현대식 장비 앞에 숨을 죽인 채 하루하루를 간신히 연명하고 있었다.

아무렇게나 내팽개쳐진 골목길을 더듬어 보다 나도 모르게 울컥했다. 떠나간 사람들의 고통과 서러움이 어지러운 건물 잔해 위에 나뒹굴고 있는 것 같았다. 그 많던 사람들은 다 어딜 가고, 헐리다 만 집터 위로 가을볕이 무심히 쏟아지고 있었다.

언젠가는 다 사라지고 새로운 청진동 시대가 열리겠지만, 그 시절을 함께했던 사람들의 기억 속에는 예전의 청진동 모습이 온전히 남아 있을 것이다. 어깨를 나란히 맞대고 있던 나지막한 기와집들과, 좁은 골목길에서 서로 기대고 부대끼며 살아가던 사람들의 풋풋하고 따뜻한 인정은 밤하늘의 별이 되어 청진동을 비추고 있을 것이다.

절반의 여행

　연변으로 가는 길은 멀었다. 인천공항을 떠난 비행기는 황해로 발해만으로 먼 길을 돌아갔다. 그곳은 19세기 말, 함경도와 평안도 일대에 기근이 들자 선조들이 국경을 넘어 이주하기 시작해서 정착한 곳이요, 후손들이 지금도 대를 이어 살아가고 있는 곳이다.

　9월의 가을 하늘 아래 넓은 들녘에는 누런 벼이삭이 물결치듯 출렁거렸고, 자드락밭에서는 옥수수 알갱이가 통통하게 여물어 가고 있었다. 선조들이 애써 일군 그 땅에 가을볕이 따갑게 내리쬐고 있었다.

　명동촌에 있는 윤동주 시인의 생가에 들렀다. 기와집은 원형이 잘 보존되어 있었다. 그는 1945년 일본 후쿠오카 감옥에서 의문의 죽음을 맞았다. 그때 나이 27세. 독립을 불과 몇 달 앞두고 일어난 일이었다. 언덕 너머에 있는 그의 묘소에 들러 명복을 빌었다.

두만강 강변 도시 도문에 갔을 때는 거리의 간판이 죄다 한글이었고, 사람들도 하나같이 우리말을 쓰고 있어 남의 나라에 온 것 같지 않았다. 강 건너 북한은 인적이 끊어진 얼어붙은 곳인데, 강변을 끼고 두만강은 묵묵히 흐르고 있었다.

백두산으로 가는 길목인 이도백하로 이동했다. 영산을 오르기 전에 몸과 마음을 가다듬으며 그곳에서 하룻밤을 묵었다. 다음 날 아침 일찍 버스를 타고 백두산으로 향했다. 큰 산을 오른다는 사실 앞에 적이 가슴이 두근거렸다. 무사히 산을 오를 수 있을까, 천지는 제대로 볼 수 있을까. 기대 반 우려 반이었다.

오래전 동생이 그곳을 다녀오면서 내게 작은 속돌* 하나를 준 적이 있었다. 유리 진열장 속에 든 그 돌을 볼 때마다 더 늙기 전에 한번은 꼭 다녀왔으면 했던 산이다.

큰 산은 숨이라도 고르고 오르라는 듯이 길이 완만했

---

* **속돌** : 화산 용암의 하나. 분출된 용암이 갑자기 식어서 된 다공질의 가벼운 돌.

다. 버스 차창을 스치는 단풍잎을 구경하고 있는데, 문득 저 멀리에서 산 하나가 다가왔다. 중천에 우뚝 솟은 산머리가 허옇다. 벌써 눈이라도 온 것인가. 나중에 알고 보니 백색 속돌이 얹혀 있어 희게 보인다고 했다. 정상에서 내리뻗은 산줄기는 문어발처럼 완만하게 사방으로 길게 뻗어 있었다.

드디어 백두산의 관문인 북파산문에 도착했다. 가장 먼저 개발된 백두산 등정의 대표 코스다. 차를 타고 정상인 천문봉에 올라 천지를 조망할 수 있을 뿐만 아니라, 하산길에는 장백폭포와 노천온천 지대도 볼 수 있다고 한다.

산문에서 셔틀버스를 탔다. 백두산 관광지역에서는 환경 보호 차원에서 셔틀버스로 이동하게 되어 있다. 많은 관광객이 줄을 지어 차례를 기다리고 있었지만, 가이드의 도움으로 별 어려움 없이 버스를 탈 수 있었다.

봉고차삼거리주차장까지 가는 길은 평지나 다름없었다. 차창 밖으로 보이는 것이라고는 소나뭇과의 상록 침엽수림뿐. 자작나무 몇 그루가 외지인처럼 드문드문 서 있었다. 참빗 빗살처럼 빼곡히 들어선 나무는 굵기도 크기도 비슷한 것이, 하나같이 하늘을 향해 곧고 촘촘하게 박혀 있었

다. 한번 들어가면 사람조차 헤어나기 어려울 것만 같았
다. 그곳이 바로 고산 밀림지대. 20여 분 남짓 달린 끝에
봉고차삼거리에 도착했다.

그곳에서는 덮개 없는 6인승 지프차로 환승해서 정상으
로 향했다. 제법 경사진 길이었다. 앞을 올려다보니 비 오
기 전 개미떼가 이동하는 것처럼 지프차가 매연을 뿜어내
며 꼬리를 물고 지그재그로 산을 오르내리고 있었다. 시
멘트로 포장된 길은 꼬불꼬불 정상으로 뻗어 있었다. 한쪽
으로 가드레일이 쳐져 있긴 했지만 낮고 허술해서 조마조
마했다. 차량 두 대가 겨우 비껴 갈 수 있는 길이었다.

산을 오르자 그 많던 침엽수는 온데간데없고 키 작은
나무가 듬성듬성 이어졌다. 오를수록 그마저 사라지고 황
갈색의 이끼가 보이더니 나중에는 맨살을 드러내고 있었
다. 20여 분을 오른 끝에 천문봉 바로 밑에 있는 휴게소
에 도착했다.

거기서부터는 도보로 가야 했다. 백여 미터쯤 되는 비
스듬한 길을 천천히 걸어서 올라가니 마침내 정상에 설
수 있었다. 옅은 황갈색 봉우리들이 수를 셀 수 없이 늘어
서 있었다. 저 멀리 좌측으로 보이는 산봉우리에는 북한

군 초소가 있다고 했다. 내가 발을 붙이고 있는 곳은 남의 나라 땅이다. 저쪽은 우리나라 땅인데도 갈 수가 없다. 가슴 한쪽이 저려 왔다.

그런데 이게 웬일인가. 정상은 관광객들로 마치 시장 골목처럼 붐볐다. 절벽으로 된 화구벽이 천지를 병풍처럼 둘러싸고 화구벽과 천지의 경계가 선명하게 드러나 있었다. 화구벽은 급경사를 이루고 있어 손으로 건드리기만 하면 와르르 무너져 내릴 것 같았다. 가드레일이 있긴 했으나 발을 헛디디기라도 하는 날이면 천 길 낭떠러지가 기다리고 있었다. 천지를 오롯이 눈에 담으려고 사람들 틈을 비집고 들어가 겨우 자리를 잡았다.

하늘에는 흰 구름이 드문드문한데 천지에는 어디서 왔는지 옅은 안개가 서로 어우러졌다 흩어지며 문을 열었다 닫았다 심술을 부리고 있었다. 순간을 놓치지 말아야만 했다. 안개가 걷힌 천지는 유난히도 짙푸르고 청명했다. 하늘이 가까워서일까. 아침 햇살에 빛나는 이슬방울처럼 말간 얼굴이었다.

저 멀리 산봉우리들이 천지 속에 거꾸로 매달려 있었다. 동서 4킬로미터, 남북 4.2킬로미터. 담고 있는 물의 양이 무려 20억 톤이나 된다고 한다. 눈을 고정하기가 무섭게 안개가 지우고 갔다. 다시 기다려야 했다. 그러길 수십 번, 천지는 제 모습을 쉽게 드러내 주지 않았다. 그때 가이드가 한 말이 떠올랐다.

"3대가 덕을 쌓아야 천지를 볼 수 있습니다."

"천지 보러 왔다가 천지 못 본 사람 천집니다."

천지는 문자 그대로 하늘이 내린 호수였다. 고산 침엽수림이 에워싸고 사시사철 폭포수를 흘러내리면서도 언제나 일정한 수위를 유지하고 있다.

그 산이 사람들의 구둣발에 짓밟히고 온종일 오르내리는 차량의 매연에 몸살을 앓고 있었다. 오를 때는 멋모르고 올랐는데 내려오면서는 굽이를 돌 때마다 간담이 서늘했다. 그 길을 중국인 운전사는 능숙하게 차를 몰았다. 잠시였지만 생명을 건 도박 같았다.

봉고차삼거리주차장에서 셔틀버스로 갈아타고 폭포주차장으로 이동했다. 용암이 훑고 내려간 계곡은 넓고도 깊었다. 멀리 올려다 보이는 달문에는 하얀 폭포가 비단을 늘어뜨린 듯 계곡에 걸려 있었다. 더 가까이서 보고 싶은 마음에 다리가 아픈 줄도 모르고 계곡을 따라 계속해서 올랐지만, 폭포가 멀리 보이는 지점에서 길을 막아 놓았다. 폭포 옆으로 천지에 오르는 길이 보이는데도 바짝 다가가서 보지 못한 것이 퍽이나 아쉬웠다.

네 가닥의 하얀 물줄기가 쉬지 않고 물을 쏟아내고 있었다. 장백폭포였다. 67미터 높이에서 떨어지는 우렁찬 물줄기가 계곡의 적막을 깨뜨리고 있었다. 나는 분단의 아픔을 곱씹고 있는데, 물은 아무 일 없다는 듯이 무심하게도 흘러 내려갔다.

어느덧 산 그림자가 길게 드리워지고 돌아가야 할 시간. 아쉬움을 뒤로한 채 발길을 돌렸다. 내려오는 길에 유황색 땅에서 더운 김을 내뿜는 노천온천 지대 옆을 지나왔다. 산이 숨을 쉬고 있었다. 꿈에도 그리던 천지와 상봉하고, 장백폭포도 노천온천도 볼 수 있어 다행이었다.

한 민족이 살고 있는 땅을 밟고 바로 가는 길을 두고, 황해로 발해만으로 먼 길을 돌아왔다. 다시 찾는 날 내 나라에서 떳떳하게 영산을 만나고 싶다. 분단의 고통을 되새겨야 했던 이번 여행은 절반의 여행이었다.

딸과 함께한 장가계 여행

2019년 무더위가 시작되던 6월 27일, 중국 장사행 비행기는 뭉게구름을 뚫고 하늘 높이 솟아올랐다. 딸애와 단둘이서 4박5일 장가계 여행에 나선 길이었다.

몇 해 전 딸애가 집에 들렀을 때의 일이다. 대화 도중 해외여행 이야기가 나왔다. 딸이 말했다.

"중학교와 고등학교에 다니고 있는 애들이 대학에 들어가고 나면 아빠하고 해외여행 가요."

혼자 지내는 아비가 무료해 보이고 쓸쓸해 보였던 모양이다. 여행을 좋아하는 편이지만, 낯설고 번거로운 해외나들이는 별로 관심이 없던 내가 지나가는 말로 장가계가 좋다더라고 말한 적이 있었다. 그곳에 다녀온 중학교 동기생들이 이구동성으로 찬사를 늘어놓았기 때문이다.

몇 해가 흘렀고, 손녀 둘은 대학생이 되었다. 어느 날 딸애한테서 전화가 왔다. 장가계에 가자고 했다. 오래전 지나가는 말로 툭 던지고는 잊고 있었는데 그걸 기억하고 있었던 것이다.

막상 전화를 받고 나니 중학 동기생들이 했던 말이 떠올라 귀가 솔깃했다. 이참에 한번 다녀올까 생각하니 마음이 들뜨기 시작했다. 도대체 어떤 곳일까? 호기심이 기대감으로 변했다. 딸이 아비를 생각해서 준비해 준 것도 고맙고, 딸하고 둘이 홀가분하게 떠나는 여행이라 설레기도 했다.

짐을 꾸려 여행길에 올랐다. 세 시간 비행 끝에 장사공항에 도착했다. 다시 버스로 바꿔 타고 장가계로 향했다. 장가계는 닭 모양으로 생긴 중국 대륙 몸통의 중심 부분에서 약간 남쪽으로 처진 곳에 있다. 시멘트로 포장한 왕복 4차선 고속도로를 버스는 제한 속도 80킬로미터로 달렸다. 끝없이 이어지는 들에는 벼가 자라고 농가 주택이 띄엄띄엄 보였다.

네 시간 가까이 달려 장가계 근처에 이르자 비가 쏟아지기 시작했다. 차창 밖으로 보이는 주택들은 하나같이 2층이었다. 정사각형 아니면 직사각형으로 좀 커 보였고, 지붕이 의외로 얇았다. 알고 보니 몇 세대가 모여 살기 때문에 집을 크게 지어야 하고, 비가 자주 쏟아지므로 젖은 지붕을 빨리 말리기 위해 얇게 덮는다고 했다.

고산지대여도 비가 자주 내리고 눈이 드물다고 한다. 이곳에는 토가족, 묘족, 백족 등 19개 소수 민족이 살고 있는데, 그중에서 토가족이 제일 많단다. 결혼을 앞둔 딸은 혼전에 15일 동안 곡을 한단다. 길러 준 부모와 다시 못 볼 친척 생각에 곡을 하고, 또 곡을 잘 해야 시집가서 잘산다고 한다.

호텔에 짐을 내려놓자마자 바로 천문호선쇼를 관람하러 나섰다. 이미 해가 떨어진 뒤라 사방이 어두운 가운데 천문호선대극장天門狐仙大劇場에 도착하니 여전히 비가 내리고 있었다. 매표소에서 나누어 준 비닐우의를 입고 극장 문을 들어서니 옥내가 아닌 야외였다. 희미한 조명 아래 관람석이 드러났다. 약 30도 정도 내리막 경사면에 2,500석이나 되는 플라스틱 의자가 한 줄씩 내려가면서 촘촘하게 배치되어 있었다. 앉으려는데 의자 바닥에 빗물이 고여 있었다. 닦아 낼 새도 없이 비닐우의를 입은 채로 앉아 우산을 펴들었다. 천문산을 배경으로 협곡을 무대로 삼은 야외 공연장이었다. 왼쪽 산기슭의 토가족 마을과 오른쪽 산기슭의 여우부족 마을, 계곡 바닥에 있는 넓은 바위로 된 중앙무대와 거기에 딸린 작은 연못을 통째로 무대를 삼았다.

천문쇼는 〈붉은 수수밭〉으로 베를린국제영화제에서 대상을 받으며 세계의 주목을 받은 장예모 감독이 기획하고 연출한 중국 3대 예술 중 하나다. 천 년 동안 도를 닦은 구미호 백호白狐가 천문산에 사는 나무꾼 유해劉海를 사랑하게 된다는 것을 주제로 한 대형 뮤지컬 쇼다. 이야기 줄거리는 이러하다.

호왕狐王이 백호를 왕비로 맞으려 했으나, 결혼이 별로 마음에 내키지 않았던 백호는 여기저기를 돌아다녔다. 그러다가 토가족 노총각인 나무꾼 유해가 산에 나무하러 왔다가 바위에서 낮잠을 자고 있는 것을 보고는 한눈에 반해 버린다. 그 후 둘은 애틋한 사랑을 하게 된다. 유해는 사냥꾼으로부터 백호를 구해 주고, 백호는 유해의 집에 몰래 찾아와 빨래를 해 놓기도 하고 밥을 지어 놓고 가기도 한다. 이런 둘 사이를 시기한 호왕의 이간질에 둘은 헤어지고, 오랜 세월 서로를 찾아 헤매게 된다. 그들의 사랑에 감동한 하늘이 계곡 사이에 다리를 놓아 주어 둘은 마침내 재회하여 행복하게 살게 된다는 이야기다.

조명이 비추는 왼쪽 산기슭에서, 토가족 전통 복장을 한 80여 명이나 되는 배우들의 우렁찬 노래를 시작으로 막이 올랐다.

진정 사랑하면서 마음이 아팠고
진정 미워하면서 마음이 아팠다
당신 위해 나무 베고 물 긷고 새 집 지으며

화려한 옷차림을 한 무희들의 춤사위가 펼쳐지고, 웅장하고 애절한 가락이 어두운 밤하늘로 퍼져 나갔다. 무희들이 춤을 출 때마다 조명도 바빠졌다. 왼쪽, 오른쪽, 그리고 중앙무대를 날아다녔다. 저 멀리 깜깜한 하늘에서 오작교가 내리고, 사랑하는 부부가 재회하여 한몸이 되었다. 연못에서 터지는 분수가 조명을 받으며 솟아오르자 어두웠던 협곡이 환하게 드러나고, 멀리 조명을 밝힌 천문산이 어렴풋이 드러났다.

그렇게 1시간 반의 시간이 꿈같이 흘렀다. 그동안 비가 내리는 것도 까맣게 잊고 있었다. 쇼에 집중하랴 한글 자막 읽으랴 고생 아닌 고생은 했어도, 내 눈과 귀는 모처럼 호강을 한 셈이었다.

어떻게 협곡을 무대로 삼으려고 했을까. 사람의 생각이 어디까지 미칠 수 있는지를 보여 준 쇼였다. 그것이 대륙에 사는 사람들만이 할 수 있는 일인가. 돌아오는 길 내내 생각에 생각이 꼬리를 물었다.

둘째 날은 아침 일찍 버스를 타고 국립삼림공원 안에 있는 보봉호寶峰湖로 갔다. 해발 430미터에 위치한 산정호수로, 애초에는 계곡에 댐을 쌓아 수력 발전과 양어장으로 사용하다가 나중에 관광지로 개발했단다. 스무 명 남짓 탈 수 있는 유람선은 비취색 호수를 미끄러지듯 깊은 계곡으로 우리를 안내했다.

깎아지른 절벽에는 제각기 전설을 지닌 두꺼비 바위, 공작 바위, 선녀 바위 등 암봉들이 운치를 더해 주었다. 게다가 양쪽 산기슭에 매어 둔 보트에서 토가족 전통 복장의 청춘 남녀가 불러주던 애틋한 사랑 노래는 긴 여운을 남기며 계곡 깊숙이 스며들었다. 호수는 가장 넓은 곳의 폭이 150미터, 평균 수심 72미터, 가장 깊은 곳의 수심이 119미터로 몇 해 전 해병대 출신 남자가 확인 차 들어갔다가 돌아오지 못했다고 한다. 오염을 방지하기 위해 수영을 금지하고 배터리로 유람선을 운행한단다.

협곡을 둘러보고 나오는데 우측 산기슭에 조그마한 인공 구조물이 보였다. 출퇴근 수문이란다. 출근하면서 수문을 열고, 퇴근하면서 잠근다 하여 붙여진 이름이라 한다. 하선하여 조금 걸어 내려오니 바위산 절벽에서 커다란 물줄기가 굉음을 내며 세차게 쏟아졌다. 10여 미터 높이의 폭포는 산 중턱에 있는 바위를 뚫고 나와 절벽 아래 대나무 숲 사이로 하얗게 포말을 일으키며 떨어지고 있었다. 이름은 보봉폭포. 출퇴근 수문의 숨은 노고 덕분이리라.

1시간 40여 분 동안의 구경을 마치고 원가계袁家界로 갔다. 사방이 온통 천인단애千仞斷崖였다. 발아래를 내려다보니 아찔하여 현기증이 났다. 깊이를 알 수 없는 계곡에서 암봉들이 여기저기 우뚝우뚝 솟아 있었다. 마치 숲을 보는 듯했다. 암봉들을 내려다보리라고는 생각지도 못했다. 영화 〈아바타〉에 나오는 '할렐루야산'의 배경이면서, 익룡처럼 생긴 '이크란'이 수직 하강하던 장면을 촬영한 곳이란다.

조금 떨어진 천하 제1교는 높이가 300여 미터에 달하는 거대한 돌기둥이 수억 년 동안 풍화를 거쳐 머리 부분만 붙은 채 아래로는 서로 멀찌감치 떨어진 아치교 형태의 천연 석교로 길이가 50미터나 된다고 한다.

그 높고 험준한 산에 느닷없이 가마꾼이 나타났다. 사람들의 시선이 일제히 그들에게 쏠렸다. 여기저기 바위가 휘돌아 나간 좁은 길을 중년의 가마꾼 둘이 앞뒤에서 가마를 메고 있었다. 검붉은 얼굴과 단단한 팔뚝, 번뜩이는 눈매가 산을 압도했다. 깎아지른 절벽, 우뚝우뚝 솟은 암봉들이 늘어선 멋진 풍광에 이끌리어 사람들이 모여드는 그곳이 저들에겐 일터인 것 같았다.

장가계의 산봉우리는 원래 바다 밑에 있었는데, 지금부터 약 4억 년 전 지각 운동으로 바닷속의 평평한 퇴적층이 융기하면서 생겨났다. 처음엔 사암으로 된 평평한 땅이었으나 오랜 세월 풍화 작용을 거치면서 현재와 같은 깊은 계곡과 기이한 봉우리가 어우러진 절경이 되었다고 한다. 그래서 그런지 암봉들의 높이가 서로 엇비슷했고, 석순처럼 생겼다. 꼭대기에는 어김없이 나무가 자라고 있었다. 안개가 자주 끼고 비가 잦은 자연의 혜택을 입은 것이리라. 그러나 비바람이 거세게 불면 무너져 내릴 것같이 위태위태하다는 생각을 지울 수가 없었다.

백룡 엘리베이터를 탈 기회가 왔다. 수직 높이 326미터 운행고도 313미터로, 절반 정도는 수직 동굴에 나머지는 산에 붙인 수직 강철 구조물에 연결된 채 밖으로 나와 있었다. 초속 3미터로 오르는 데 약 2분 걸렸다. 세계에서 제일 높은 곳에 있으며 관광 전용 엘리베이터라고 한다. 자연을 사랑한 것인지 파괴한 것인지 갈피를 잡기 어려웠다.

이번에는 유네스코가 지정한 세계자연유산인 십리화랑 十里畵廊으로 갔다. 지금까지는 암봉을 내려다보았지만, 이곳에서는 올려다보는 맛이 새로웠다. 왕복 9.8킬로미터 모노레일을 타고 평지나 다름없는 계곡을 따라 올라가면서 왼편으로 손바닥바위, 채약노인암, 삼형제봉 등 암봉들을 여유 있게 올려다보았다. 특히 반환점에서 바라본 세자매바위는 퍽 인상적이었다. 큰언니는 아이를 안고, 둘째 언니는 업고, 막내는 임신한 모습이라는데 과연 그 말과 흡사했다.

목이 컬컬하던 차에 딸이 어디서 샀는지 아이스크림 같은 과자를 들고 왔다. 의자에 앉아 맛있게 먹었더니 속이 시원했다. 눈치가 빠른 아내를 많이 닮았다는 생각이 들었다. 이곳은 비가 자주 오고 일조량이 적은 지역이라 단풍이 곱지 않고 칙칙한 게 흠이란다. 다 갖춘다면 금상첨화이겠지만, 자연은 어딘가 한 군데는 빼놓고 주는 모양이었다.

셋째 날은 딸과 나란히 케이블카를 타고 장가계 절경 중 으뜸이라는 황석채黃石寨로 갔다. 한나라 고조 유방의 책사였던 장량이 도사 황석공을 만난 곳이란다. 정상의 전망대에는 안개비가 오락가락해서 암봉들이 보이는가 싶다가도 금방 사라지곤 했다.

어렵사리 손가락 다섯 개 모양의 오지봉을 구경하고 돌아나오는데, 계단 난간과 주변 나무에 원숭이가 많이 보였다. 사람들을 별로 의식하지 않는 듯 새끼에게 젖을 물린 원숭이, 가이드의 가방을 노리고 올라타는 놈도 있었다. 자연과 인간이 공존하는 지역이었다. 하산하니 비도 그쳤다.

이번에는 황금빛 용이 살았다는 황룡동굴로 향했다. 중국 제1 동굴이면서 아시아에서 셋째로 큰 동굴이란다. 동굴 입구에서 좀 걸어 들어가니 뜻밖에 선착장이 나왔다.

지하수가 흐르는 곳에서 보트를 타고 9분 정도 더 들어가
서 내린 다음 장수문을 통과하자, 눈앞에 펼쳐진 동굴 규
모가 어마어마했다. 넓이는 말할 것도 없고, 높이가 자그
마치 100미터란다.

계단을 오르내리며 본 수많은 석순과 종유석은 조명을
받아 오색찬란한 광채를 뿜어내고 있었다. 석순은 1센티
미터 자라는 데 100년이 걸린다고 한다. 석순과 종유석이
마주 붙어 더는 자라지 못하는 것이 있는가 하면, 높이가
19.2미터나 되는 것도 있었다. 바로 정해신침定海神針이었
다. 만일의 사고에 대비하여 중국 돈 1억 원짜리 보험에
들어 있단다. 지하 세계의 신비로움에 경의의 박수를 보냈
다. 자연은 인간이 감히 넘볼 수 없는 조각가라는 생각이
들었다.

동굴을 뒤로하고 장가계 대협곡에 놓인 유리다리로 향
했다. 2016년 8월에 개통하였고, 해발 1,400미터의 대협곡
을 가로질러 놓은 다리 길이가 400여 미터, 99개의 강화
유리가 깔려 있다. 동시에 800명이 건널 수 있고, 하루 입
장객은 8,000명으로 제한한다고 한다. 마음에 드는 사람
의 발을 밟으면 결혼 의사가 있다는 뜻이라고 한다.

유리에 흠집이 생기는 것을 방지하기 위해 비치해 놓은 덧신을 신고 들어섰다. 선뜻 발을 내딛기가 망설여졌지만 주위 사람들이 걷는 걸 보고 용기를 냈다. 저 멀리 까마 득하게 내려다 보이는 협곡에 흰 실타래를 풀어놓은 것처 럼 가늘게 계곡물이 흐르고 있었다. 어린애가 걸음마 하 듯 한 발 두 발 걷다 보니 걸을 만했다.

그런데 딸애는 도무지 용기를 내지 못했다. 여기까지 와 서 걸어 보지 못한다면 나중에 후회하리라 생각하고는 딸 의 손을 덥석 잡아끌었다. 그렇게 둘은 긴 다리를 걸어서 되돌아왔다. 오는 도중 유리 위에 엎드려 계곡을 내려다 보기도 하고 누워 보기도 했다. 두려움을 넘어서니 오히 려 행복하다는 생각이 들었다.

그 많은 패널 무게에 사람들 무게를 어떻게 한꺼번에 다 감당할 수 있을까. 사람의 지식과 지혜가 하늘에 닿은 것 같았다.

그날따라 몸이 찌뿌듯하여 호텔에 오자마자 샤워를 했 다. 옮긴 호텔방이 전보다 약간 좁았다. 화장실에 샤워 부 스가 보이지 않아, 하는 수 없이 목욕통에 들어앉아 샤 워를 하는데, 플라스틱통에 물 떨어지는 소리가 요란해서 몹시 불편했다. 몸을 대충 씻고 플라스틱통을 보았더니 10여 센티미터가량 짧은 막대 위에 통을 올려놓아 물소리가 요란했던 모양이었다. 수건으로 몸을 닦는 둥 마는 둥 하고 나와서 딸에게 불평을 했더니 딸애가 귀퉁이에 붙어 있는 작은 샤워 부스를 가리키며 박장대소했다.

마지막 날은 버스 편으로 천문산에 갔다. 하늘에는 구름만 조금 끼었다. 시내에 있는 터미널에 내리니 천문산삭도天門山索道가 바로 옆에 있었다. 멀리 높은 산이 보였다. 시내에서 8킬로미터 떨어진 천문산은 1,516미터로 장가계의 혼이라는 별칭이 붙은 산이다. 흰 구름을 허리에 감은 모습이 의연했다. 정상 부근에 뻥 뚫린 동굴이 선명하게 보였다. 천문동굴이었다.

줄을 서서 30여 분을 기다리자 드디어 우리 차례가 왔다. 정상까지 케이블 길이가 무려 7.5킬로미터, 케이블카를 타자 바로 움직이기 시작했다. 도로를 넘고 건물의 옥상을 지나갔다. 아슬아슬했다. 사회주의 중앙 집권 체제에서나 가능한 일이리라.

시가지를 벗어나니 들판과 작은 연못이 보이고, 농가주

택과 개울가에서 빨래하는 아낙네도 보였다.

좀 더 오르니 산허리에 뱀이 감긴 듯 꼬불꼬불한 길이 보였다. 통천대도通天大道라 했다. 아흔아홉 굽이로 대관령 굽잇길을 가져다 놓은 듯했다. 전체 길이가 11킬로미터, 해발 200미터에서 1,300미터로 오르는 길은 매우 가팔랐다. 정상까지 30여 분 걸렸다.

케이블카를 내려 천문산 서쪽 코스에 있는 유리잔도와 귀곡잔도로 향했다. 잔도棧道는 험한 벼랑에 선반처럼 달아낸 길이다. 바위를 한 칼에 베어 낸 듯한 절벽에 구멍을 뚫고 굵은 철근을 넣은 후 그 위에 다시 철근을 깔고 시멘트로 포장하여 좁은 길을 만들고 난간을 설치해 놓은 길이었다. 유리잔도는 시멘트 대신 강화 유리를 깔아 놓은 것인데 길이가 60미터로 천길 낭떠러지였다.

소원을 빌면 들어준다는 허원홍수림에서 붉은 천 조각을 사서 소원을 적고 나무에 매달았다. 해발 1,400미터인 귀곡잔도로 들어섰다. 1.5킬로미터의 좁은 길이 온통 전망대였다. 저 멀리 산 아래로 제비들이 곡예비행을 하고 있었다. 옆에 붙어 있어야 할 딸이 보이지 않아 돌아보면 어느 틈엔가 절경을 배경으로 내 사진을 찍고 있었다. 아비와의 시간을 간직하고 싶은 것이었으리라.

천문산사로 갔다. 천문산 정상에 있는 절로 당나라 때 지은 호남 최대 최고의 사찰이다. 대웅보전에는 자비로운 모습의 삼존불을 모시고 있었는데, 천왕전의 연화좌에 모신 포대화상은 통통한 젖꼭지와 볼록한 배를 드러낸 채 천진난만하게 웃고 있었다. 법당 불전함에 적으나마 시주를 하고 법당을 나왔다.

밖으로 나오니 기념품 가게가 있고 길가 나무 아래 의자가 놓여 있었다. 둘이서 잠시 쉬어 가기로 했다. 높고 깊은 산의 정기를 몸으로 받아들이며 지나온 여정을 생각하고 있는데, 인부 너덧 사람이 지나갔다. 어깨에 멘 대나무 막대가 휘도록 물에 이긴 시멘트를 나르고 있었다. 산사 어딘가를 보수하는 모양이었다. 저들의 수고가 있기에 오늘 우리가 천년 고찰의 아름다움을 감상할 수 있는 게 아닌가.

내려오는 길 평지에 목련인 듯한 나무 여러 그루가 보였다. 어른 키 두어 배쯤 될까. 공룡나무란다. 2,000년 동안 자란 나무라 하기에 밑동을 어림잡아 보니 어른 두 손으로 감싸 쥐면 될 듯싶었다. 다 같은 햇볕과 비를 맞으면서도 어찌하여 저 나무는 느려터진 걸음걸이로 이 세상을 건너고 있단 말인가. 저 나무 속에는 바깥세상과 단절된 그들만의 유전자가 있는 것일까. 해답을 얻을 길이 없었다.

산사를 뒤로하고 산 정상 부근에 있는 리프트를 탔다. 지상과의 거리는 불과 10여 미터 나무 꼭대기 바로 위를 지나는가 하면, 나무 옆을 스치고 지나갔다. 원시림의 속살이 훤히 드러났다. 전인미답의 처녀림을 훔쳐보는 것 같아 슬그머니 눈을 돌렸다. 리프트에서 내려 조금 걸어 내려오니 산 속에 에스컬레이터를 설치해 놓았다. 50미터쯤 되는 것이 자그마치 12개나 되었다. 경사각이 어림잡아 40도, 천장에는 조명등이, 좌우측 벽에는 광고문이 즐비했다. 문명은 자연을 가만히 두지 않는 것 같았다.

천문동굴은 석회암 동굴로 1,000미터 높이의 절벽에 걸려 있고, 동굴 높이는 131미터, 넓이는 57미터나 된단다. 1999년 세계곡예비행대회에서 비행기가 동굴을 통과하여 더욱 유명해졌단다. 가까이서 보니 어마어마하게 큰 동굴이었다. 버스를 타고 통천대도로 하산하니 이미 날이 저물었다. 긴 여정을 마무리하는 비가 내리고 있었다.

자연은 누구이며 그 힘은 어디서 오는 것인가. 깊고 어두운 땅속, 수억 년 세월을 깔고 앉아 어느 곳에는 내리막

길을 또 어느 곳에는 오르막길을 만들었나. 지하수를 끌어들여 물길을 터보기도 하고, 싫증이 나면 석순을 세공하기도 하고, 거꾸로 매달아 종유석을 만들기도 했을까. 그것도 영 마음에 차지 않아 생명을 불어넣어 자라게 했을까. 마지막에 힘줄이 불끈거리도록 힘을 주었더니 대협곡이 생긴 것인가. 내 작은 눈과 가슴으로는 헤아릴 수 없는 걸작 앞에서 숙연히 옷깃을 여미었다.

중국 사람들이 장가계를 얼마나 사랑했는지를 보여 주는 이런 시구가 있다. '인생부도장가계 백세개능칭노옹人生不到張家界 百歲豈能稱老翁.' 사람이 태어나서 장가계에 가 보지 않았다면, 백 세가 되어도 어찌 늙었다고 할 수 있겠는가.

사람의 발길이 닿지 않은 깊은 계곡, 안개비에 자태를 드러냈다 감추었다 하던 암봉들, 그리고 그 사이로 내려앉은 천년의 침묵 앞에 인간의 허울을 벗어 본 시간을 가슴에 간직한 채 한 발짝 두 발짝 아쉬운 걸음을 옮겼다.

장가계에 머무는 마지막 밤이 되었다. 자리에 누우니 피로가 밀어닥치는데도 떠오르는 게 있었다. 약국에서 시간을 쪼개가며 일을 해야 함에도 딸은 이 먼 곳까지 왔다. 구경하는 내내 한눈팔지 않고 나를 지켜 주었다. 아침 식사 때 입맛 없어하는 아비에게 음식을 골라다 주었고, 날씨를 봐가면서 우산을 챙기고, 비상약을 들고 다니면서 안색을 살폈다. 혹시라도 길을 잃을까 봐 걱정하면서도 기념사진을 찍느라 바빴던 딸의 모습이 선하다.

그런데도 먼저 간 아내 생각이 나서 가슴 한구석이 허전해 오는 것은 어쩔 도리가 없다. 애써 기른 자식들이 별 탈 없이 잘 살고 있으니 이곳에 와서 구경 좀 해도 되련만, 어찌 마다하고 떠나버렸는가. 훗날 다시 만나게 된다면 잘 기억해 두었다가 모두 펼쳐 보이리라.

어린애로만 생각했던 딸이 어느새 나의 든든한 보호자가 되어 있었다. 장가계가 내게 준 선물이다.

두만강변 도문 사람들

　중국 여행길에 도문에 들렀다. 수확을 앞둔 들은 볏가마를 한가득 쌓아 놓은 듯 보고만 있어도 배가 불러오는 것 같았다.

　두만강을 사이에 두고 북한 땅과 마주하고 있는 도문 시내에 들어서자 조선어와 한자를 함께 쓰고 있는 옥외 간판들이 먼저 눈에 들어왔다. 시가지를 둘러보니 우리나라 여느 지방 도시처럼 거리는 좁고, 낡고 나지막한 건물들이 늘어서 있었다. 주민들이 조선어를 쓰고 있어 다른 나라에 와 있다는 생각이 들지 않았다.

　도로에서 조금 떨어진 곳에 좁은 공터가 나왔다. 검게 그을린 얼굴에 볼이 움푹 팬 노인네들이 옹기종기 모여 화투놀이를 하고 있었다. 가을걷이를 앞두고 틈을 내어

망중한을 즐기고 있는 듯 보였다.

한편 가설무대에서는 한복을 곱게 차려입은 무용수들이 동토의 땅 북한이 보란 듯이 신명나게 춤사위를 벌이고 있었다. 현지 문화에 순응하면서도 민족 전통문화의 맥을 이어가고 있었다. 자랑스러운 일이었다. 내 몸은 지금 중국 땅에 있지만 고향에 있다는 착각이 들었다. 반세기를 거슬러 올라간 우리네 시골 풍경과 어쩌면 그리도 닮았을까.

두만강은 코앞이었다. 강변에서 바라본 북한 땅은 높은 산이 병풍을 두른 듯이 앞을 가로막고 있었다. 인적이 끊어지고 숨이 멎은 듯 조용하고 쓸쓸하기만 했다. 강 건너 북한군 초소는 지난여름 장마에 떠내려갔다고 한다. 판자로 보이는 가설 초소만 덩그러니 서 있을 뿐, 어느 곳이 밭이고 어느 곳이 강바닥인지 가늠하기 어려웠다. 그 산 너머에 우리 형제들이 숨을 죽이며 살아가고 있다니, 안타까운 일이 아닐 수 없다.

그러나 도문의 가을은 풍요로워 보였다. 들녘에는 벼들이 누렇게 익어 가고 있고, 산자락 밭에서는 옥수수가 여물어 가고 있었다. 이제 두만강은 제 할 일을 다한 듯

좁고 야트막하게 흐르고 있었다. 그 강물의 중간이 국경선이라고 하니 움직이는 국경선이다. 다리를 걷고 몇 발짝 힘껏 뛰면 건너갈 수 있을 것만 같았다.

아쉬운 마음에 사진기를 들었다. 그런데 이곳에서는 인물이 들어가지 않은 북한 사진은 찍을 수 없다고 했다. 그래서 북한을 배경으로 한 인물 사진을 몇 장 찍고는 발길을 돌렸다.

두만강을 뒤로하고 바삐 돌아나오다 눈길을 사로잡는 풍경과 마주쳤다. 동시를 적은 종이쪽지가 노끈에 매달린 채 가을바람에 나부끼며 발걸음을 멈추게 했다. 축제를 맞이하여 글짓기 대회가 있었던 모양이다. 그때 가이드가 한 말이 생각났다. 연변조선족자치주 창립기념일이 있다고 했다.

용정 북안소학교 5학년 2반 한설매 학생의 동시 〈시험지〉에는 놀이에 열중할 나이에 시험이라는 반갑지 않은 장벽에 부딪친 느낌을 가감 없이 풀어놓았다.

반기지도 않는데
날마다 찾아오네

미워도 싫증나도
피할 수가 없네요

어려운
문제들에 발목 잡혀
꼼짝달싹 못하네

설매 학생은 시험이라는 관문을 여러 번 통과했을 터인
데도, 역시 시험은 싫은 모양이었다. 버릴 수도 피할 수도
없는 시험에 갇힌 답답한 마음을 동시로라도 하소연할 수
있어 다행이었다.

용정중학 1학년 3반 김은화 학생의 〈민들레〉는 별 생각
없이 지나치기 쉬운 작은 꽃을 눈여겨 보고 있었다.

노랑나비가 되고 싶은
민들레는
노랑 민들레

흰나비가 되고 싶은

민들레는
하얀 민들레

꿈이 익으면 동동 떠올라
하늘 멀리 날아가는
꽃나비 민들레

이른 봄 양지바른 곳에 피는 민들레는 멀리 떨어진 북쪽 땅 그곳에서도 잘 자라는 모양이다. 그냥 지나치기 쉬운 꽃인데도 형상화시키려는 노력이 돋보였다. 자연과 더불어 속삭이는 은화 학생의 모습이 눈에 선했다. 흰색 깃털이 달린 홀씨가 바람을 타고 멀리 날아가듯, 그 학생의 꿈도 쑥쑥 자라기를 바란다.

우리 선조들이 그 땅을 처음 밟았을 때는 춥고도 황량한 벌판이었을 것이다. 그들의 피와 눈물이 거름이 되어 지금은 오곡이 익어 가는 옥토가 되었다. 선조들이 물려준 땅에서 우리의 핏줄이 면면이 삶을 이어가고 있다는 사실만으로도 가슴이 뭉클했다.

중국 국적을 가지고 있으면서도 조선민족이라는 정체성을 잃지 않고 살아가기란 쉬운 일이 아닐 것이다. 이주민의 후예라는 멍에는 쉽게 지워지지 않는다. 어쩌면 영원히 지고 가야 할 아픈 유산일지도 모른다. 그러나 고난을 딛고 일어선 선조들이 하나하나 이루어 놓은 것들을 후손들이 이어받아 아름답게 꽃피울 것이다.

몸을 낮추고 서로 기대어 풀꽃처럼 살아가는 형제들 어깨 위로 가을볕이 포근하게 쏟아지고 있었다.

해수욕장의 이변

 2018년 8월 하순이었다. 처서가 지났으니 아침저녁으로
선선한 기운이 돌기를 원했다. 하지만 찜통더위는 물러날
기미가 보이지 않았다. 열대야에다 초열대야로 몸은 지칠
대로 지쳐가고 있었다.

 7월 하순부터 시작된 무더위는 기세가 등등했다. 의성
과 경주가 40도에 바짝 다가서더니 월말에는 홍천, 가평
과 서울 강북이 40도를 넘어섰다. 111년 만의 최고 기온이
라 했다. 서로 경쟁이라도 하듯 전국 최고 기온을 밀어 올
렸다.

 휴대전화 일기예보에는 아예 '자료 없음'이라는 문자가
떴다. TV를 켜면 전국 일기 예보 지도에 불이 붙은 것 같
았다. 극성을 부리던 모기떼가 열기를 이기지 못하고 몰살

을 당하다시피 하고, 더위를 부채질하던 매미 소리도 기진 맥진했다.

한낮 밖에 나서면 정수리가 뜨끔거렸다. 긴 열대야에 이어 언제 겪어 보았나 싶은 초열대야에 너나없이 초주검이 되고 말았다. 에어컨은 무릎을 꿇었고 선풍기조차 탈진하여, 앞뒤 문을 활짝 열고 밤새 바람 길을 찾아야 했다. 가마솥더위가 바로 그런 것인가 싶었다.

이러지도 저러지도 못하고 있던 차에 아들한테서 전화가 왔다. 내외가 교직에 있어 여름방학 중이었다. 쌍둥이 자매를 데리고 강릉엘 다녀오자고 했다. 2박3일 해수욕이라도 하면 어떻겠느냐는 것이다. 선뜻 용기가 나지 않았지만, 이참에 손녀들과 물놀이를 하면 잠시라도 더위를 잊을 수 있을 것 같아 따라나서기로 했다.

강릉으로 가는 길은 다행히 막히지 않았다. 대관령을 넘을 때는 간간이 소나기가 내려 나서기를 잘했다는 생각이 들기도 했다. 한데 4인용 승용차에 다섯 사람이 타야 했다. 뒷좌석 유아용 카시트 좁은 틈바구니에 며느리가 끼어 앉게 되었지만, 여행 중 불편한 내색을 하지 않고 늘 환하게 웃어 주었다.

작년 여름에는 서해안 태안반도에 있는 '방포해수욕장'에 갔다. 숙소를 미리 잡지 못하고 떠나기 전날 급히 숙소를 잡다 보니 잠자리가 불편하여 밤잠을 설친 기억이 생생하다. 용량이 달리는 에어컨에다 어린애는 보채고, 밤새 모기가 앵앵거리며 극성을 부리는 바람에 잠을 설쳤다.

서해는 수심이 얕아 아이들과 물놀이하기에 좋은 지형이다. 그러나 펄을 훑고 들락거리는 파도가 황톳빛이었다. 두 손으로 바닷물을 한 움큼 떠서 살펴보니 작은 모래알 투성이였다. 몸을 담글 생각이 나지 않았다. 물가에서 물놀이를 하는 둥 마는 둥하다가 돌아오고 말았다.

그래서 이번에는 미리 숙소를 잡았다. 경포호와 바다 사이에 지은 지 얼마 되지 않은 '골든튤립스카이베이경포호텔'이었다. 탁 트인 바다가 한눈에 들어왔다.

짐을 풀고 점심을 먹으러 나섰다. 바닷가에 있는 소문난 막국숫집에 가니 사람들이 줄을 서서 기다리고 있었다. 할 수 없이 점심을 조금 늦게 먹기로 하고 손녀 둘을 데리고 모래사장으로 향했다. 불볕더위라서 그런지 사람들도 없고 비치파라솔도 보이지 않았다.

이제 겨우 세 살 된 두 손녀의 손을 잡고 모래사장에

들어섰다. 슬리퍼에 모래가 들어오는 것이 거북스러운지 손녀들은 연신 모래를 털어내는 시늉을 했다. 신발을 벗기고 모래 위에 세웠더니 발바닥이 뜨겁다며 두 팔을 벌리고 안아달라고 했다. 아차 싶어 모래 위에 손바닥을 대 보니 따끈따끈했다. 얼른 안고 파도가 드나드는 젖은 모래톱 위에 내려놓았다.

그때였다. 모래톱 위에 새끼 고기 네댓 마리가 보였다. 어른 중지만 한 것이 팔딱거리고 있었다. 짙은 하늘색으로 보아 고등어 새끼 같기도 하고 꽁치 새끼 같기도 했다. 이게 웬일인가. 어쩌다 거기에서 그러고 있는 것인가. 허리를 굽히고 들여다보았다. 작열하는 태양 아래 두 마리가 살려 달라는 듯이 애타게 신호를 보내고 있었다. 나머지는 이미 숨이 멎은 듯 축 늘어져 있었다. 초를 다투는 순간이었다. 손녀 손을 잡고 살아 있는 놈을 얼른 바닷물에 띄워 주었다. 비실거리더니 바로 물속으로 사라졌다. 다행히 우리를 만나 다시 살아가게 된 것이리라.

파도에 밀려온 것인가, 아니면 바닷속에 무슨 변고라도 생긴 것인가. 나는 생각지도 않았던 숙제를 안게 되었다. 내가 잠시 생각에 잠겼을 때 파도가 밀려와 손녀와 내 신발을 적시고 밀려갔지만, 손녀는 파도를 무서워하는 기색이 없었다. 파도가 얼마나 무서운 힘을 가졌는지는 먼 훗날 알게 될 것이다.

다음 날도 모래사장에는 사람의 그림자조차 얼씬거리지 않았다. 여름 한철을 바라며 기다려 온 장사꾼들의 한숨 소리가 귓전을 맴도는 것 같았다. 사람이 없는 해수욕장에는 파도만 한가롭게 밀려왔다 밀려갔다.

도리 없이 해수욕을 포기하고 호텔 옥상에 있는 수영장으로 갔다. 그곳에는 사오십여 명의 사람들로 북적거렸다. 탁 트인 통유리창 너머로 푸른 바다가 보였다. 하얀 물보라를 일으키며 여객선이 유유히 사라지고 있었다. 구명조끼를 빌려 그들 틈에 끼었다. 모래사장에 쏟아져야 할 지폐가 호텔 수영장에 쏟아진 셈이었다.

밤이 되자 해변은 숨을 죽인 듯이 조용했다. 별빛이 초롱초롱한 밤에 청춘 남녀 한 쌍이 넓은 백사장을 독차지하고 한가롭게 걷고 있을 뿐, 한낮의 열기를 식히느라 파도만 분주했다.

해수욕을 하며 더위를 식혀 보겠다고 먼길을 달려왔지만 수영장에서 물놀이로 만족해야 했다. 지금껏 한 번도 겪어 보지 못한 일이었다.

지루한 열대야에 이은 초열대야로 모기가 사라지다시피 했고, 7년을 땅속에서 기다린 매미마저 수난을 당했다. 거기에다 해변 모래톱의 작은 물고기. 지구가 병들어 가고 있는 건 아닌지, 지구의 신호에 귀를 기울여야 할 때인 것 같다.

한여름 뜨거운 볕에 가쁜 숨을 몰아쉬던 물고기가 지금도 눈앞에 아른거린다.

다시 유도留島의 기적을 바라며

    강화 평화전망대는 어느 전망대보다도 북한 주민들의 생활상을 가장 가까이서 바라볼 수 있는 곳이다. 마음 같아서는 단숨에 달려갈 수 있을 듯, 소리를 크게 지르면 들릴 것 같은 착각에 빠질 만큼 지척이다. 맑은 날은 멀리 개성시가 보인다는 그 전망대는 한때 제적制赤전망대라고 불렀으나, 나중에 평화전망대로 고쳐 부르게 되었다고 한다.

    전망대 왼쪽 약 2.3킬로미터 전방 해안으로 예성강이 흘러들고 그 옆 넓은 들이 연백평야다. 어릴 적 초등학교 교과서에 나왔던 우리나라에서 몇 안 되는 곡창지대 중의 하나다. 전방으로 개풍군의 넓은 들이 한눈에 들어왔다. 가을걷이가 끝났는지 들판이 휑했다. 눈앞에 선뜻 다가선 민머리 산등성이와 질펀하게 드러누운 들을 사이에 두고 산자락에 옹기종기 매달린 허름한 농가는 숨죽인 듯 고요 속에 묻혀 있었다. 집집의 곳간이 알곡으로 그득해야 할 일이지만 그러지 못한 것 같아 마음이 자꾸 쓰였다. 곡창 지대가 풍요의 땅이 아니라 수탈의 현장일 거라는 생각을 지울 수가 없었다.

자세히 내려다보니 해안선을 따라 길고 높게 쌓아 올린 돌담이 보였다. 바다 한가운데를 따라 북방한계선이 있는 데 그것도 모자라 또 하나의 장벽이 외지인의 접근을 완강히 거부하고 있었다.

나는 전망대 유리벽에 바짝 다가섰다. 내 마음은 이미 바다 건너 돌담을 넘고 있었다. 그리고 나무 몇 그루에 둘러싸인 경계초소를 피해 잽싸게 마을을 향해 달려 나갔다. 머리가 시리도록 깎아내린 민둥산을 가까이서 보고, 가난에 찌든 부엌 살림살이도 슬금슬금 들여다본다. 계속되는 억압과 수탈에 삶의 의지를 잃어가는 현장을 확인이라도 하려는 듯이….

전망대 오른쪽은 임진강과 한강이 서로 가까운 곳에서 만난단다. 하나는 휴전선을 끼고 흐르면서 묻어 온 상처뿐인 아픈 이야기를, 다른 하나는 태백에서 시원하여 시끌벅적한 도회를 가로지르면서 사람 살아가는 이야기를 가지고 와서 바다에 쏟아낸다. 두 물을 품은 바다는 아무런 말이 없다.

그 바다 한쪽에 조그마한 섬이 하나 있다. 유도라고 한다. 1996년 대홍수 때 북한에서 떠내려오던 소 한 마리가 운 좋게 그 섬에 상륙하게 되었다. 그 섬은 비무장지대라 어느 쪽도 들어갈 수 없는 곳이지만 북측의 묵인 하에 유엔군과 우리 군에 의해 구조되었단다. 훗날 그 소는 '평화의 소'라는 이름을 달고 제주도로 이사 가서 많은 후손을 두었다고 하니, 전설 같은 이야기를 간직한 섬이다.

상처투성이의 슬픈 이야기를 실어나르는 강물도 이젠 지치고 싫증이 날 때도 되었다. 막히는 날이면 터지기 마련이다. 남과 북에 흩어져 살고 있는 이산가족도 이제는 늙고 병들어 더는 기다릴 시간이 없다. 유도의 기적에서 양측이 보인 인간미의 발로를 보지 않았던가. 그 기적이 인계선이 되어 어느 날 휴전선이 눈 녹듯 무너져 내릴 수도 있다는 희망을 품어 보는 것은 나의 과욕일까.

일상의 변화

흐린 날 우산을 챙겨야 할지 말지를 결정하는 것은 소소한 일이지만 까다로운 일이다. 웬만하면 두고 다니고 싶지만, 날씨를 맞히지 못하면 비를 맞든가 우산을 새로 사든가, 아니면 멀쩡하게 갠 날 종일 우산을 간수해야 하는 수고로움을 감수해야 한다.

우리 집 현관문 구석 우산꽂이에는 우산이 가득하다. 그게 다 빗나간 일기 예측의 결과물이다.

날씨가 흐린 날은 외출 전에 휴대전화에 뜬 일기 예보부터 확인한다. 그러고도 베란다 창문을 열고 하늘을 올려다보거나 길거리 사람들을 보면서 다시 한번 일기를 확인한다. 그때마다 눈에 들어오는 것이 쓰레기장이다. TV를 보거나 책을 읽다 보면 눈이 피로해지는데, 그럴 때는 아파트 동 사이로 빼꼼히 내다보이는 푸른 산을 본다든가 단지 내 가로수나 공원 나뭇잎들이 바람결에 흔들리는 것을 보면서 눈의 피로를 푼다. 그때도 어김없이 눈에 들어오는 것이 쓰레기장이다.

쓰레기를 비닐봉지에 담는 둥 마는 둥 마구잡이로 골목에 내다 버리는 바람에 쓰레기 냄새와 들끓는 파리 떼로 이웃 간에 불미스러운 일이 벌어지고, 민원이 폭증하자 지자체가 팔을 걷어붙이고 나섰던 일이 엊그제 같다. 게다가 쏟아지는 쓰레기를 수용할 하치장이 부족하여 지자체 간의 갈등으로 비화하자 고심 끝에 나온 것이 쓰레기 분리 배출과 재활용이다.

내가 사는 아파트 쓰레기장은 무척 깨끗해졌다. 어쩌면 상품 진열장을 보는 듯도 하다. 지자체와 아파트 관리사무소가 협력하고 경비 할아버지들까지 팔을 걷어붙인 결과이리라.

우리 아파트 쓰레기장은 지상 주차장 바로 옆이다. 지하 주차장 입구를 사이에 두고 옆 동 쓰레기장과 마주하고 있다. 대여섯 평이 될까 말까, 맨 앞이 종이 박스 놓아두는 곳, 그 뒤가 신문지 등 종이류를 담아 두는 대형 마대와 우유팩을 담는 비닐봉지, 그 옆이 플라스틱 음식물 쓰레기통과 일반 쓰레기통이 있다. 그 뒤에는 직사각형의 철 구조물에 어른 가슴 높이의 커다란 비닐봉지 너덧 개를 고정시켜 놓고 봉지 구석에 세워 놓은 나무막대 끝에 페트병을 거꾸로 꽂아 두거나 작은 비닐봉지를 걸어 두고 주민들이 쉽게 쓰레기를 분리 배출하도록 유도한다. 그 옆과 뒤쪽으로 철물과 깡통, 병류를 각각 담는 작은 마대가 있고, 포장용 스티로폼 작은 것은 고정된 철사줄에 꿰고 큰 것들은 벽돌로 눌러둔다. 전등과 형광등을 담아 두는 나무상자는 별도로 비치되어 있다.

경비 할아버지의 일터가 그곳에도 있다. 경비실에 있다가도 수시로 나와 페트병을 일일이 꺼내 발로 밟아 납작하게 만들어 부피를 줄이고, 집게로 마구 섞인 쓰레기를 골라내어 바로 담고, 주위에 흩어진 쓰레기를 치운다.

종이박스는 테이프를 뜯어내고 똑바로 펴서 차곡차곡 쌓은 다음 커다란 막대로 눌러둔다. 쓰레기로 가득 찬 비닐봉지는 꺼내 단단히 묶은 다음 앞쪽에 나란히 놓아 두고 새 비닐로 갈아끼운다. 쓰레기 수거 차량이 오는 날은 더욱 바빠진다. 봉지와 집게를 들고 나와 차량이 떠난 뒷자리를 깨끗하게 마무리한다. 그러다 보니 쓰레기 배출장이 더러워질 수가 없다.

오늘 아침 신문지와 우유팩, 폐비닐과 스티로폼이 든 비닐봉지를 들고 나가 분리하고 있는데, 뒤에서 누군가가 말했다.

"안녕하세요?"

돌아보니 경비 할아버지였다. 언제 나왔는지 커다란 플라스틱 물주전자를 들고 음식 쓰레기통을 열고 입구는 물론 안쪽을 청소하고 있었다. 저러고 있는데 어찌 쓰레기를 함부로 버리겠는가. 아파트라는 공동생활공간에서 아직까지도 쓰레기를 대충 버리는 주민이 없는 것은 아니지만 머잖아 동참하게 되리라 믿는다.

내가 창문을 열고 밖을 내다볼 때마다 청소하는 경비 할아버지를 보게 된다. 두 쓰레기장이 경쟁이라도 하듯 날마다 새 옷을 갈아입고 있다. 이렇게 쓰레기 분리 배출은 가랑비에 옷 젖듯이 알게 모르게 우리 일상에 자리잡아 가고 있다.

코로나 속에서 맞는 여름이다. 하늘길이 막히고 집에

갇힌 지 여러 달이 되었다. 좀 수그러드는 기미가 보이더니 다시 고개를 들고 우리 일상을 밑바닥부터 바꾸려 들고 있다.

세균보다 더 작은 생명체, 보이지 않는 생명체가 삽시간에 세상에 군림하여 호령하고 있다. 공동체 안에서 밀접하게 소통하고 화합하며 살아가는 일상을 바꾸라고 강요하고 있다. 외출 시 마스크 쓰는 일은 기본이고, 모임에 나가는 일 자체도 삼가라 한다. 공공장소에서 사람 간 거리 두기, 큰 소리로 말하는 것을 자제하는 것 등, 일상을 하루아침에 바꾸라니 거부감이 들기도 하고 답답하기도 하다.

그러나 생각해 보면 강요받고 있는 모든 것들이 다 부정적인 것은 아닌 것 같다. 더러는 타협하고 받아들이면서 이전과는 다른 일상으로 돌아가야 하지 않을까. 공공장소에서 필요 이상으로 목소리를 높여 옆 사람에게 방해가 된다든지 기침을 마구 쏟아내고도 아무렇지 않다는 듯 태연한 얼굴, 체면에 못 이겨 내키지 않는 모임에 참석해야 하는 난감한 경우 등, 일상을 한번 돌아보고 재단할 것이 있으면 그리해야 하지 않을까 싶다.

코로나는 위협적이다. 일상을 강제로 바꾸라 하니 우선 거부감이 들고 끌려다니는 기분이 든다. 하지만 이 기회에 주변을 돌아보고 무엇을 버려야 할지 무엇을 지켜야 할지 다시 생각해 볼 일이다.

쓰레기 분리 배출이 자발적인 참여로 이루어지는 경우라면, 코로나로 인한 일상의 변화는 강압에 의한 변화다. 변화는 새로운 세상을 열어 준다. 갇혀 있는 생각들을 밖으로 탈출시킨다. 열린 세상에서 새로운 일상을 마주하고 싶다.

컴퓨터 늦깎이의 도전기

2000년도가 다가올 무렵, 컴퓨터 열풍이 불기 시작했다. 그러나 나와는 무관한 일이라고 생각했다. 육순을 바라보는 나이에 컴퓨터와 가까이해야 할 특별한 이유가 없었을 뿐만 아니라, 그 앞에 앉아 있다고 생각하면 너무 답답할 것 같았다. 시간이 나면 친구들과 테니스를 치거나 바둑을 두면서 하루하루를 보냈다.

그런데 언제부턴가 문제가 생기기 시작했다. 내가 바둑을 두고 싶을 때 친구에게 전화를 하면 바쁘다고 다음에 보자고 했다. 잔뜩 벼르고 있었는데 실망이 이만저만이 아니었다. 은근히 열이 오르기도 했다. 슬슬 노후가 걱정되기 시작했다. 나와 함께 끝까지 갈 수 있는 친구는 없을까, 가만히 생각해 보니 책을 가까이 하면 되겠다는 생각이 들었다.

그러던 어느 날 판교에 볼일 보러 나갔다가 돌아오는 길에 양재동을 지나고 있는데, '서초문화대학 2012 1학기 강좌 개강'이라는 현수막이 눈에 들어왔다. 찾아가 보니 다양한 분야의 강좌를 개설해 놓고 수강생들을 맞이하고 있었다. 전혀 생각지도 않았던 세상을 만난 것이 놀랍고도 기뻤다. 얼떨결에 시창작과 수필창작반에 등록을 하고 말았다.

집에 돌아와 생각하니 너무 성급하게 결정했구나 싶었지만, 화살은 이미 시위를 떠난 뒤였다. 돌아보니 책 한 권을 제대로 읽어 본 기억이 없다. 그런데 어느 천년에 내 글을 쓴다는 말인가.

하지만 떠밀리듯 글을 읽고 쓰기가 시작되었다. 글을 쓰다 보니 나와는 무관하다고 생각했던 컴퓨터가 필수품이란 것도 알게 되었다. 내친김에 집 근처에 있는 서초사회복지관에 들러 컴퓨터 초급과정에 등록했다.

수강 첫날 강의실에 들어서니, 학생들이 앉아 있는 것처럼 컴퓨터가 줄을 맞추어 나란히 놓여 있었다. 자리를 잡고 주위를 둘러보았다. 컴퓨터 수강생 20여 명 모두 노인들이었다. 한쪽 다리가 불편하여 오리걸음을 하는 이가 있는가 하면, 막 걸음마를 시작한 아기 걸음걸이로 강의실에 들어오는 이도 있었다. 다들 세월의 무게를 버거우리만큼 지고 있는 사람들이었다. 그런 중에도 진하게 화장을 하고 나온 할머니도 있었다. 몸은 늙었어도 마음만은 청춘인 모양이었다.

드디어 첫 강의가 시작되었다. 40대 중반으로 보이는 여자 강사는 마치 기계처럼 강의를 진행해 나갔다. 먼저 애국가 1절을 치라고 했다. 그런 다음 글자 색을 바꾸기도 하고 글자체를 바꾸면서 따라해 보라고 했다. 처음부터 제대로 될 리가 없었다. 옆에 앉은 수강생을 슬쩍 쳐다보다가 나도 모르게 그만 웃고 말았다. 검지를 꼿꼿이 세우고 자판기를 노리는 모습이, 강가에서 물새가 긴 부리로 물고기를 노리는 모습과 어쩌면 그렇게도 닮았는지. 남이 보았다면 나도 한 마리 물새였을 것이다.

바탕화면에 기차 그림을 그리는 날이었다. 강사가 가르치는 대로 열심히 따라가고 있었는데, 난데없이 누군가가 전화를 받고 있었다. 화장을 진하게 한 그 할머니였다. 조심하는 기색이라고는 전혀 없이 큰 소리로 통화를 했다.

'자기 안방인 줄 착각한 걸까?'

흔히들 늙어서는 언행을 조심해야 한다고 한다. 젊은 사람의 무례한 행동은 버릇없다고 하겠지만, 나이든 사람의 경우는 추하게 보이기 때문이다. 강사를 힐끗 쳐다보니 얼굴을 찡그리고는 아무 말이 없었다.

강사에게 묻고 또 물으면서 두어 달이 지나간 어느 날이었다. 모두 수업에 열중하고 있는데, 느닷없이 그때 그 할머니가 또 전화를 받았다.

"몇 시에 만날까? 내일 오후에…"

수업 중이란 걸 그새 또 까마득히 잊은 모양이었다. 그런데 전화 끝나기가 무섭게 강사를 크게 부르더니 전화 중에 못 들은 것을 가르쳐 달라고 하다가 야단을 맞았다.

"수업 중에 그렇게 요란하게 전화를 받으면 어떻게 해요?"

그 후로는 그런 일이 없었다.

어느덧 3개월의 수업이 끝나 가고 있었다. 무엇 하나 똑바로 익힌 게 없었다. 더 배워야 하지만 그쯤해서 끝내기로 했다. 질문을 하면 선뜻 답을 해 줄 딸과 아들이 있지 않은가.

난생처음 수필 한 편을 쳐보기로 했다. 짧은 글인데도

두서너 시간 컴퓨터와 씨름했다. 그런데도 제대로 타자된 글이 나오지 않아 앞이 캄캄했다. 아이들 모두 각자의 보금자리를 찾아 곁을 떠났기 때문이었다.

작품을 제출해야 하는 날은 가까이 있는 아들네 집에 가서 배워 오기도 하고, 아들이 퇴근 시간에 들러 대신 숙제를 해 주기도 했다. 주말에 아이들이 오면 구세주를 만난 기분이었다. 어느덧 한두 시간의 실습은 무언의 약속이었다.

그러나 머리가 굳어 버린 탓인지, 아이들 앞에서는 잘 익혔다고 생각했는데 돌아간 뒤에 다시 해 보면 막히고 말았다. 전화를 하거나 다시 불러야만 했다. 더러는 전화로 해결되는 일도 있었지만, 그렇지 못한 경우가 더 많았다.

숙제를 미룰 수가 없는 경우에는 퇴근길에 막내가 집에 들렀다. 추운 겨울 허기도 잊은 채 가르쳐 주고는 부리나케 돌아갔다. 그런 일이 꼬리를 물고 일어났다. 아무리 아비라 하더라도 미안한 마음이 들어 편치가 않았다.

그러다 생각해 낸 것이 기록해 두는 방법이었다. 노트 한 권을 준비하고 아이들이 보는 앞에서 꼼꼼하게 적어 나갔다. 그렇게 해서 쌓인 문제와 해답이 노트 한 권을 다

채워 가고 있다.

노트가 채워지는 만큼 컴퓨터 다루는 요령을 터득하게 되었다. 주중에 아이들에게 불쑥 전화하는 일이 줄어들었다. 묻고 싶은 것은 모아 두었다가 주말에 아이들이 오면 묻곤 했다. 마음이 편해졌다.

늦깎이로 시작한 컴퓨터라고 생각했는데, 어느덧 10년 가까운 세월이 다가오고 있다. 이젠 컴퓨터가 아니면 글이 써지질 않을 정도다.

글 쓰는 고통은 늘 따르겠지만 창작하는 재미도 있다는 걸 알게 되었다. 앞뒤 재지 않고 저지른 일이 평생 친구를 만든 셈이다. 내가 먼저 저를 버리지 않는 한 절대로 나를 버리지 않을 친구가 생긴 것이다. 아, 행복하다.

성실한 삶과 정신의 발현

– 이규대 수필집 《나의 배냇저고리》를 읽고 –

申 吉 雨

(본명 신경철, 수필가, 시인, 국어학자)

이규대 수필가는 뒤늦게 70대에 수필을 쓰기 시작했다. 지금은 수필과 시, 두 부문에 등단하여 활동하고 있다.

그의 수필 〈컴퓨터 늦깎이의 도전기〉를 보면, 테니스와 바둑을 즐겼는데 상대자가 나오지 않아 실망이 반복되자 혼자서도 할 수 있는 것을 생각하다가, 우연히 '서초문화 대학 개강' 현수막을 보고 들어가 시와 수필 두 강좌를 신청했다고 한다. 그리고 컴퓨터로 작성해서 내야 하기에 집 근처의 사회복지관에 등록하여 컴퓨터를 배웠다고 한다.

그러니까, 졸지에 시와 수필 창작에 컴퓨터까지 세 강좌를 공부하게 된 것이다. 컴퓨터 사용 능력부터 갖춘 뒤에 다른 것을 선택했어야 하는데, 세 가지를 함께 하게 되어 고생했던 것이다.

그래서 그는 하다 모르면 출퇴근하는 자녀들을 자주 불러대다가 미안해서, 방법마다 순서를 일일이 메모하여 혼자 그것을 보고 터득하고 연습하여 익혔다고 한다. 요령 창출이다.

저자는 10년 가까운 세월, "이젠 컴퓨터가 아니면 글이 써지질 않을 정도"라면서, 이렇게 결말을 내렸다.

글 쓰는 고통은 늘 따르겠지만 창작하는 재미도 있다는 걸 알게 되었다. 앞뒤 재지 않고 저지른 일이 평생 친구를 만든 셈이다. 내가 먼저 저를 버리지 않는 한 절대로 나를 버리지 않을 친구가 생긴 것이다. 아, 행복하다.

그의 인간미와 지혜로움, 성실성을 느끼게 한다. 이 컴퓨터 공부 한 편으로도 우리는 삶의 자세를 생각하게 한다.

글을 쓰려면 우선 그 대상을 잘 알아야 한다. 그러려면 관찰이 필요하다. 관찰은 인식 위주의 견시見視나 시청視聽

정도가 아니다. 찬찬히 살피고 왜 그런가 따져보기도 하는 관觀과 찰察이다. 그러므로 관찰은 사물을 이해하고 그 가치나 의미를 파악하는 데 기본적인 필수 활동이다. 여기에 사색이 가산된다.

이규대 수필가는 이를 이미 알고 사물 관찰을 깊이 있게 해내고 있다. 작품 곳곳에서 심도 있는 관찰 부분이 발견된다.

이규대 수필집에는 모두 37편이 실려 있다. 그는 인간의 삶에 대해서 관심이 많았던 것 같다. 그래선지 자신의 체험과 가족들, 이웃과 타인들의 의미 깊은 삶을 다룬 것들이 많다. 글의 분량이 비교적 길지만, 촘촘한 내용 서술과 세밀한 표현, 순탄한 문장은 자꾸 읽어 나가게 한다.

여러 편의 편지를 들면서 쓴 〈아내가 남긴 편지〉를 보자.

결혼 7년이 되도록 적당한 호칭 하나 만들지 못했군요. 그간 여행은 어떠셨는지요. 무사히 도착하였으리라 믿어요. 떠나시던 날 공항에서 돌아와 마당에서 비행기 지나길 아무리 기다려도 와야지요. 평상시에는 연속극 볼 때마

다 지나가는 비행기 소리가 무척 얄미웠는데, 어쩌면 그
소리가 그렇게 기다려지던지요.

항공사에 알아보니 금방 떠났다고 하더군요. 그래서 모
두 마당에 나와 하늘을 보며 기다리다, 다시 한번 배웅
했습니다. 빨간 불이 멀리 사라질 때까지 배웅하고 들어
오는데, 공연스레 눈물이 왈칵 쏟아지더군요. 자기 안 계
신 집안이 이렇게 허전하고 외로울 수가 없어요.

                  – 〈아내가 남긴 편지〉 중에서

저자가 4개월간 스위스 연수를 떠나던 날 이야기를 담
은 아내의 편지다. 결혼 7년 만의 첫 편지란다. 내용도 세
세절절하다. 하늘을 바라보며 두 차례나 배웅하는 모습은
독자들도 왈칵 눈물이 쏟아지게 한다.

작자는 연수 4개월 동안 45통의 편지를 받았다고 한다.
그는 끝부분에서 이렇게 적었다.

매번 항공우편 지면이 모자랄 정도로 **빽빽**하게 채웠다.
일상의 소소한 이야기에다 속삭이듯 털어놓은 속 깊은
이야기까지. 나는 매일 아내의 편지를 기다렸고 편지를

읽으면서 외로움을 달랬다.

– 〈아내가 남긴 편지〉 중에서

사랑이 간절해지는 경우를 생각하게 하면서, 우리 삶에서 무엇이 중요한가를 다시 살펴보게 하는 부분이다.

이규대 수필가는 타고난 소질과 수련 과정도 있겠지만, 이런 아내와 살았으니 그도 또한 감성적인 수필가가 될 수밖에 없었을 것이다.

〈어머니의 사돈지〉는 출가할 남의 딸을 위해, 흐린 등잔불 밑에서 대신 사돈지를 쓰시는 자신의 어머니의 정성스런 삶을 담은 글이다. 사돈지는 딸을 시집보내면서 친정어머니가 안사돈에게 올리는 편지다.

남의 사돈지를 쓰던 어머니의 모습을 저자는 이렇게 적고 있다.

사방이 고요한 밤, 어머니는 하얀 편지지를 펼쳐놓았다. 생각을 가다듬은 어머니가 붓을 움직이기 시작하면, 하얀 편지지에 새까만 글씨가 한 자 한 자 살아났다. 나가

다가는 머뭇하고 나가다가는 또 머뭇하기도 했다. 어느새 흥얼흥얼 추임새도 따라갔다. 딸 가진 어머니의 타는 애간장이 눈물이 되어 흘렀다. 멀리 새벽닭 우는 소리에 동이 트면 사돈지가 완성되었다.

작자에게 있어 '어머니'는 자식들을 위한 희생적 봉사자로 그치지 않고, 남의 자식을 위해서도 헌신하는 사실을 발견한 것이다.

오늘날 자신을 내세우고 자신의 이익만을 추구하며 사는 현대인들에게 경종을 울려 준다.

저자는 남들의 삶에도 관심을 두어 쓴 것들이 여럿이다. 관찰과 사색으로 새로운 가치나 의미, 아름다움 등을 발견하여 작품화한 것이다.

〈우리 동네 두 채소가게〉는 서로 대조적으로 살아가는 이웃들 이야기다.

널찍한 매장, 반듯한 진열대, 잘 정돈된 상품들, 그런데 물건들이 시들고 손님도 적었다. 무엇보다도 회원증이 있어야 살 수 있는데, 본사에 가서 2시간 교육을 받아야 한다는 협동조합 가게.

나무상자와 판자가 전부인 진열대, 조금씩 놓인 다양한 상품들, 도매시장에서 차로 싣고 와 좀 싸게 판다. 거기에 웃음으로 맞이하는 부부의 가게.

끝부분에서 저자가 "젊은 부부를 보고 있노라니 내 자식처럼 대견하고 든든했다"고 말하지 않더라도, 우리가 어떻게 살아가야 하는가를 깨닫게 한다.

〈경비 할아버지의 빗자루〉도 같은 맥락의 작품이다.

(A) 잎이 떨어지기 시작하면, 드디어 경비 할아버지의 청소 습관이 빛을 발휘했다. 낙엽과 한판 승부가 벌어지는 것이다. 어느 쪽이 먼저 지칠까. 잎이 떨어지기가 무섭게 쓸어 버리는 할아버지 앞에 메타세쿼이아는 종내 손을 들고 말았다.

낙엽과의 승부가 끝나고 나면 다음 상대는 눈이었다. 엄청난 양에다가 감당하기 어려운 무게 때문에 할아버지의 완패로 끝나리라 생각했다. 그러나 내리는 눈을 가만히 보고만 있을 그분이 아니었다. 어느새 할아버지가 빗자루를 들고 눈을 맞으면서도 마당을 쓸기 시작했다.

(B) 마주 보고 있는 다른 동 경비 할아버지는 빗자루와는 아예 담을 쌓은 분이었다. TV를 보거나 난로를 끼고 앉아서는 의자에서 떠날 줄 몰랐다.

두 번째 경비 할아버지가 없었다면 첫 번째 할아버지의 이야기는 의미가 뚝 떨어진다. 대조의 효과를 잘 활용하고 있다.

그리고 낙엽이나 눈을 즉시즉시 쓰는 할아버지의 행위가 바른 심성에서 우러나오는 것임을 할아버지의 한마디 답변으로 정리하였다.

"길이 미끄러워지면 사람들이 다칠까 걱정이 되어서요."

대화로 서술의 간결성도 살리고 있다.

〈잊을 수 없는 교관〉은 ROTC 후보생 교육훈련 때 만난 교관 이야기다.

장대비에 야외 칠판에는 빗물이 흐르고 교관의 모자 챙에서도 빗물이 줄줄 흘러내리는데도 눈 하나 깜빡하지 않고 강의를 계속하는 교관에 저자는 감동한 것이다.

"색이 약간 바랜 듯한 군복은 금방 다림질한 듯이 주름이 살아 있었다. 자그마한 키에 꼿꼿한 자세, 눌러쓴 모자 밑으로 서늘한 눈빛이 보는 이를 압도했다."

저자는 이런 외양에서만 압도된 것이 아니다. 행동으로 보여 준 정신력에 더 감복된 것이다. "순간 움츠러들었던 마음은 어디 가고 형용할 수 없는 희열이 느껴졌다" 하면서, "사람은 한없이 약한 것 같으면서도 어려움에 부닥치면 그걸 극복하는 힘을 가지고 있다는 것을 교관은 행동으로 보여 주었다"고 덧붙였다.

이밖에도 정겨운 사람들을 소재로 쓴 글은 더 있다.
밤늦어 거절했다가 안됐던지 떡국을 끓여 준 시골 식당 여주인(《떡국 한 그릇의 온기》), "시도 때도 없이 찾아오는 외로움"이지만, 외출했다가 집에 들어올 때, 끼니때 밥 먹으라는 사람이 없는 것"이 가장 외롭고 그립다는 〈아내의 빈자리〉 등 모두 감동적인 것들이다.

끝으로, 책 제목으로도 쓰인 〈나의 배냇저고리〉를 보자.

배냇저고리는 태어나서 아기가 처음으로 입는 옷이다. 그러므로 누구에게나 감회가 깊고 소중한 옷이다. 그런데 작자는 자신의 배냇저고리를 늙마에 다시 본 것이다. 어머니에 이어 아내가 옷장 한쪽에 고이 간직해 온 것이다. 작자는 "'아, 어머니!' 나도 모르게 신음소리가 나왔다. 동시에 온몸이 얼어붙는 것만 같았다. 이내 가슴이 아팠고 눈물이 떨어졌다"고 하였다.

80년이라는 시간의 지층 속에서 견디느라 색이 바랬고, 형태는 군데군데 일그러져 있었다. 켜켜이 쌓인 시간의 층을 하나하나 걷어 냈다. 포개진 배냇저고리의 소매를 조심스레 펼치고, 반으로 접은 길과 옷고름을 바로잡았다. 손을 쫙 펴면 그 속에 통째로 들어올 것만 같았다. 자그마한 것이 마치 잠자리가 날개를 활짝 펼치고 있는 듯했다.

세상에서 제일 작은 옷. 흰색이 누르스름하게 변하고, 턱언저리는 유독 얼룩이 많이 져 있다. 침을 흘리기도 하고, 젖을 토하기도 한 흔적이리라. 소맷귀도 많이 닳고, 옷고름은 접은 데가 해져서 너덜거린다. 거기엔 한숨 쉬어

가듯 홈질을 해놓았다. 어머니의 살뜰한 손길이 느껴졌다. 젖내라도 남아 있을까 흠흠대 보았지만, 시간 속에 묻혀 버렸는지 아무 냄새도 나지 않았다.

명주실로 짠 배냇저고리 속에 손을 살그머니 밀어 넣어 보았다. 온기가 느껴지고, 새 생명의 기운이 꿈틀거리는 것도 같았다. 탄생의 기쁨과 축복을 한껏 받은 옷이리라. 그 작은 옷 속에서 배냇짓과 옹알이를 하면서 내가 자랐다고 생각하니, 섣불리 다룰 옷이 아니라는 생각이 들었다.

설명이 매우 자세하다. 형태와 변한 색, 접힌 주름과 얼룩, 냄새까지도 적고 있다. 침 흘리고, 젖 토하던 흔적에 젖내가 날 듯 맡아 보기도 한다. 저고리 속에 손을 넣어 보자 온기가 느껴지고 생명의 기운이 꿈틀거리는 것 같았다고 기술하였다. 거기에 배냇짓과 옹알이까지 연상하였으니 대단한 감각이요 회상이다.

작자의 연상은 배냇저고리를 만들어 입힌 어머니를 떠올린다. 그러면서 "작고 여리디여린 나를 안고 어르면서 얼마나 행복해했을까" 생각한다. 고인과 현세인의 연결이요, 이승과 저승의 내왕이다. 그러면서 작자는 "그런 어머니

생의 한 자락이 은하수를 건너 내게로 왔다. 마치 어머니가 곁에 있는 것 같다"고 하였다. 만남이다. 현실 속에서의 모자간 상봉이다.

그래서 작자는 마지막에 "세상에 영원한 것이란 없다"고 하면서도, 언제나 어머니는 곁에 계신 것 같아 "나는 이제 혼자가 아니다"라고 끝맺었다.

배냇저고리를 통해 젖먹이 아이로부터 오늘날까지 어머니에 대한 감성적인 내용들, 감각적인 표현과 구체적이고 자세한 문장, 누구나 감동할 작품이다.

우리가 살아가는 데는 중요한 일만 중요한 것이 아니다. 밥 먹고, 차를 마시고, 배웅하고 맞이는 등, 이 일상의 소소한 일들이 어쩌면 더 소중한지 모른다.

이규대 수필가는 바로 이런 것에 주목하고 살피고 사색하여 수필을 썼다. 그리고 그것을 의미화하였다. 그래서 재미있게 읽을 만하고, 생각하고 얻는 바가 있다. 이 해설이 독자들에게 도움이 되었으면 하는 마음이다.